JN122628

宮廷のまじない師

白妃、後宮の闇夜に舞う

顎木あくみ

ポプラ文庫ピュアフル

目次

宮廷のまじない師

白妃、後宮の闇夜に舞う

顎木あくみ

ポプラ文庫ピュアフル

序　其れは、図られし縁

大陸に、最大の面積を占める大国、陵《りょう》。

この地ではかつて、無数の悪鬼が跋扈《ばっこ》し、人々は悉《ことごと》く疫病や災いに苦しめられていた。草木は生えず、水は涸れ果て、空にはいつも暗雲が垂れ込めていたという。

そんな不毛の地を鎮《しず》めるため、勇気ある一人の小国の皇子が立ち上がる。彼は仲間たちとともに数多《あまた》の悪鬼を退け、病を祓い、民を安寧へ導いた。

その末裔《まつえい》が、繁栄を極めた今日の陵国を治める、劉《りゅう》一族である。

しかしながら、現在。

至高にして唯一絶対の玉座に君臨する若き皇帝——劉白焰《はくえん》は、深刻な悩みを抱えていた。

「それで、なんだ。重要な献上品というのは」

皇帝の住まいである金慶宮《きんけいきゅう》、その執務室にて。

ため息交じりに白焔が問うと、側近《そっきん》たる宋墨徳《そうぼくとく》が苦笑しつつ答える。その掌上には、小さな木箱が載っていた。

「これがその献上品。なんでも、どんな病や呪いもたちまち浄化する伝説の指環《ゆびわ》だぞうだよ。ぜひ、悩める皇帝陛下にお試しいただきたいと」

「まるでインチキ商人の言い草だな。眉唾にしか聞こえんのだが」

「まあまあ」

そう言わずに、と墨徳は手の中の箱を白焔の眼前、木簡やら紙やらの積まれた机上に置き、蓋《ふた》をとる。

最高級の紫の絹に包まれるように中に鎮座していたのは、無色透明の指環だった。

「これは、水晶？」

白焔は素手で無造作に指環を摘まみ上げ、まじまじと観察する。

「そうらしい。……これを献上してきた貴族の言によれば」

「よれば？」

「古《いにしえ》に悪鬼蔓延《はびこ》るこの地を平定した皇子と巫女、彼らに仕えた、かの有名な七人の武将――七宝将《しちほうしょう》がそれぞれ持っていた七つの指環のうちの一つ、だって」

らしくもなく、芝居がかった口調でおどけて言う墨徳。

「ほう。まあ、高価そうではあるな。どこの露店で買ってきたものだ？」

「いや、わざわざ発掘してきたようだよ。どこかの墓所から」

なるほど、と適当に相槌を打って、白焔は指環を箱に戻す。

ふざけなければ、やってられない。最も信頼をおく側近の心情を正しく察し、冗談に付き合ってみたものの。確かに、そのくらい荒唐無稽な馬鹿らしい話だ、これは。

あまりにもくだらなくて、乾いた笑いしか出てこない。

「ははは。本物ならば歴史的大発見だぞ。なにせ、千年も昔の代物だからな。丁重に記録をつけ、保管し、国中に布令《ふれ》を出してもいい。……本物ならな。もし、万が一、本物ならだ」

——本物なら。

半ば嘲《あざけ》りを込めて口にしながら、片腹痛いと笑いながら、それでも少しだけがっかりしている自分が情けない。

白焔は椅子から立ち上がり、窓から青々とした空を仰いだ。

(この呪いが解けるものなら……本物だの偽物だの、些末事《さまつごと》にすぎぬ)

けれどきっと、今回も空振りに終わることだろう。そうなれば、いよいよ潮時かもしれない。

後継者を作れない君主など、意味はないのだから。

一　まじない師は、城下にいる

陵国の都、武陽《ぶよう》は大陸一の大国の都に相応《ふさわ》しい、華やかな城市《とし》である。

東の大海に南の大河、西へと続く陵国の巨大交易路は天下のあらゆる場所に通じ、運ばれた荷は国の中心であるこの地に集う。そして、あらゆる人や物が際限なく交わり、富を生む。

とはいえ、大陸有数の煌びやかに栄えた大通りから一歩、路地へ踏み込めば、そこに広がっているのはごく一般的な町人の暮らしである。

「珠華《しゅか》、こっちを手伝っとくれ」

「はーい」

武陽の下町にある、一軒の小さな店。

そこで見習いとして働く珠華は、名を呼ばれて、店の奥へ顔を出した。

「老師《せんせい》、お呼びですか」

店の奥は、作業場だ。広い机と数脚の椅子、そしてたくさんの書物や木簡が雑多に並べられている。掃除はしているけれどやや埃っぽく、香と薬草、墨の匂いが染みついた部屋。ここで、店の商品が作られている。

珠華を呼んだ、彼女の師匠である燕雲《えんうん》は、机から顔を上げた。

「珠華、これを表に持っていっとくれ」

老いた小柄な身体《からだ》では椅子から下りるのも億劫《おっくう》らしく、燕雲は机の上に束ねて置かれた札を指し示す。

一見、模様のようにも思える、独特な文字が大きく墨で書かれた黄色い紙束は、れっきとしたこの店の売り物である。

――健康祈願、家内安全、商売繁盛、恋愛成就。

この黄色い紙の札は、一枚一枚が〝まじない〟を込めた護符なのだ。

「……まったく、机仕事は腰にきてかなわんねえ。そろそろお役御免かね」

「老師、引退はまだ早いですよ。街のまじない師、といえば老師なんですから」

珠華はぼやく燕雲に、護符を数えながら答える。

しかし、何を言っても聞きやしない老いた師は、ぶつぶつと不平を鳴らした。

「あたしゃ、もう十分働いたよ。あんたみたいな優秀な後継者がいるから、安心して隠居できるってもんさ。早くこの婆に楽させとくれ」

「そりゃあ、捨て子の私を育ててくれて、まじないの技まで仕込んでくださった老師には感謝していますけど。私じゃまだまだ、力不足ですし」

「嫌だね、この子は。技術も才能も申し分ないってのに、いつまでも後ろ向きで。困ったもんだ。……とっとと、そいつを置いてきな。そうしたら休憩しよう」

「……はーい」

鰻《うなぎ》の寝床のようなこの細長い古い建物の店舗部分は、あまり広くはない。出入り口から数えて縦が約六歩分、横が約五歩分しか幅がない。

珠華は預かった護符を種類ごとに分けて整理し、取り出しやすいように勘定台の内側の棚に並べて置いておく。

（さて、休憩ね）

護符をしまい終え、燕雲のために健康にいい薬草茶を淹れなければ、と珠華は立ち上がる。そのとき、ちょうど店の引き戸が開いた。

「いらっしゃいませー」

「珠華ちゃん、来たわよ～」

ひょっこりと覗いてきたのは、近所の商店の女将《おかみ》だった。彼女はこの店の常連で、燕雲と珠華をとても頼りにしてくれている、お得意様である。

「あ、女将さん。いらっしゃいませ。……と、子軌《しき》」

いったんはにこやかに会釈した珠華だが、女将の後ろをへらへらと笑いながらついてきた若い男の姿が目に入った途端、眉をひそめる。

「ひどいっ！　幼馴染に冷たいじゃないか」

大袈裟に嘆いてみせるこの男は、珠華の幼馴染の張子軌《ちょう》。珠華よりひとつ年上の十七歳で、この店の又隣にある乾物屋《かんぶつや》の放蕩息子だ。

「何よ、どうせまた店の手伝いをすっぽかしてきたんでしょう？」

珠華が目を三角にして言うと、子軌は悪びれもせず呑気に笑っている。

(呆れて物も言えないとは、このことよ)

子軌はやや目尻が垂れ気味の、女受けする甘ったるい整った顔立ちをしている。しかも滅多に怒らない穏やかな気性の持ち主ゆえ、ちやほやされるのはわかるのだが。

いかんせん、怠け癖がひどい。将来は店を継ぐはずの長男なのに、まったく店を手伝わず、昼間からちゃらちゃら、ぶらぶらと街を冷やかし歩いているだけの、駄目男だ。

「私、おばさんから言われているのよ。『うちの馬鹿息子がそっちにいったら、容赦なく追い出してちょうだい』って」

「あちゃー」

「あちゃー、じゃないわ。まったくもう。……それで、女将さん。今日はどうしたんですか？」

まともに子軌の相手などしてはきりがないので、珠華は女将のほうに向き直った。

あなたたちは相変わらず仲良しね、と生ぬるい目をしながら、女将は答える。

「ええ、今度ちょっとね、嫁いだ娘のところに行こうと思うのよ。だから旅の御守りがほしいの」

「娘さん、遠くに嫁いだんですよね？」

「そうなのよ。だから念のためね」

「わかりました」

珠華はうなずき、御守りを取り出した。

旅の御守りは、困難を乗り越える力を与えてくれる、緑松石を使ったものだ。

値段を抑えるために粒は小さいが、ちゃんと本物を用いている。赤い房飾りのついた根付になっていて、装飾品としても悪くない。

「あら、綺麗ね」

「ありがとうございます」

褒められて、素直に笑みがこぼれる。

ちなみに、この御守りは燕雲ではなく、珠華の作だ。もちろん効果も燕雲のお墨つきである。

「これで道中も安心だわ。ありがとうね、珠華ちゃん」

「いえいえ。お役に立てればなによりです」

まじない師とはその名の通り、霊力と、霊力を自在に操る技――まじないを扱い、呪術や怪異の知識に長けている者を指す。

ゆえに街のまじない師の仕事は、多岐にわたる。こうして御守りや護符を作り、客の要望に合わせて売るのはその一つで、他にも幽鬼の類を祓ったり、加持祈禱なども行う。

珠華は見習いだが、師が老齢のため、すでにいくつか仕事を請け負っていた。

「でも、くれぐれも気をつけてくださいね。まじないは、あくまでまじないですから」

物理的な効果があるわけではない。ようは、気の問題だ。

とはいえ、常連である女将にはわかりきったことで、承知の上だ、と大きくうなずいた。

「じゃあ、また来るわね。珠華ちゃん」

「はい。ありがとうございました！」

女将が帰っていくと、珠華は当然のように居座っている子軌に半眼になる。

「あんた、いつまでいる気よ？」

「うーん。だってここ、あんまり客もこないし、なんか落ち着くんだよね」

「人の店を休憩所にしないでほしいわ」

この男はいつもそうだ。実家の乾物屋はさっぱり手伝わず、ひどいときは半日もここに居座ってただ喋ったり、趣味の占いで営業妨害したり。

そうは言っても、心の底から拒絶できないのは、彼が数少ない珠華の理解者だからだろうか。認めたくは、ないけれど。

子軌は不満そうに唇を尖らせたかと思うと、急にぱっと表情を明るくした。

「珠華、占ってあげよう」

「結構よ」

「いいからいいから」

ひらひら手を振り、珠華の言葉をまるっきり無視して子軌は占いを始める。

(子軌のインチキ占いじゃあね)

珠華は台の上で頬杖をついた。

彼の占いは完全に趣味で、道楽だ。いつ頃からだったろう、唐突に占いにはまりだし、顔を合わせれば頼んでもいないのに勝手に占うようになった。

おまけに占いができると女子受けがいいなどと常々豪語しているので、動機はかなり不純である。

「ふっふっふ。今日の珠華の運勢は――」

いつものように、子軌は二十二枚の薄く削った木札を伏せて並べていく。

札に描かれた絵柄に意味があり、それを読み取る西の国の占いらしいが、その理屈は未だによくわからない。

子軌は並べた札を次々と表に返し、ふむ、とうなずいてから少しだけ首を傾げ、神妙に口を開いた。

「うーん。珠華、今日の君は北の方角に注意、かも。転機と変化、あと災難。それらは北からやってくる」

「なによ、それ。曖昧ね」

店の棚を整理しながら、適当に相槌を打つ。

ひどく漠然とした占いのくせに、災難がやってくるだなんてぞっとしない話をされて、いい迷惑だ。

（だいたい、インチキでしょう）

巷《ちまた》でいう、予言なんてものもそう。当てずっぽうというか、ほぼ外れない仕掛けがある。

たとえば、もし今日珠華が北のほうから道を転がってきた小石に躓《つまず》いても、『北』からきた『災難』と言えてしまう。

そんなふうに範囲が大きい、抽象的な単語を並べておけば確実に当たるし、信じやすい人間はそれでころっと騙される。おもに、詐欺師が使う手口だ。

まじない師も占いをすることがあるけれど、ちゃんと〝気〟の流れを読む占いなので、一緒にされたくない。

しかし珠華の訝しげな視線を受けながら、子軌はなぜか得意そうな顔になる。

「ちっちっち。馬鹿にしないでほしいね。これでも、女の子には好評なんだよ。それなりに当たるって」

「それなり」

「いつかは百発百中になりたい」

色恋のこととなると、途端に前向きである。

本人は楽しそうで結構なことだが、それに巻き込まれて割を食う周囲はたまったものではない。

珠華はもう何度目かもわからない、大きなため息を吐いた。

「インチキ占いをしている暇があったら、家の手伝いでもしたらどうなの?」

「やなこった。それに珠華。この占いの結果は、由々しき事態だよ。きっとこれをきっかけに、珠華の大いなる運命が――」

子軌の壮大な妄想のその先は、店の戸を引く音に掻き消された。

「いらっしゃいま、せ……?」

珠華は反射的に顔を上げ姿勢を正したものの、戸惑いを隠せない。

今度の客は、頭から重そうな布を深く被っていて顔が見えなかった。

それどころか、裾の長い外套《がいとう》を纏《まと》っているせいで、全身が隠れてしまっている。かろうじて、背の高さと肩幅から男性と判別できるくらいだ。

まじない師の店には、さまざまな事情の客がくる。けれど、今回はその中でもかなり異様だった。無言で戸口に立ち尽くす姿は不審で少し怖い。

「……ここは、まじない師燕雲の店、で間違いないだろうか」

言葉は躊躇《ため》いがちだが、はっきりと確信を持った低い声。

害意は感じられない。単なる確認のようだ、と珠華は思った。

「はい。ここはまじない師、燕雲のまじない屋です」

「燕雲は、武陽で一番のまじない師と聞いた。……君が燕雲か？」

戸を閉めながら外套の男が訊ねてきたので、首を横に振る。

「いえ、燕雲は私の師匠です。奥にいるので、今呼びますね」

「ああ、頼む」

返事は素っ気なく、しかも偉そうだ。

珠華は変な客が来てしまった、と密かに息を吐く。一方、子軌は興味津々、といった様子で、店の隅で黙って傍観に徹している。

「老師、お客さんですよ」

「はいよ」

子軌に付き合って休憩をふいにした珠華と違い、燕雲はしっかりと一息入れていたらしい。すぐに応答があり、店の奥から姿を現した。

大人が四人ともなると、店の中は窮屈だ。

燕雲は外套の男を見とめ、片眉を上げる。

「いらっしゃい。あたしが燕雲だよ。用件を言いな」

「ああ。依頼したいことは、三つ」

すらりとした白く長い指を三本立てて言い、「一つは」と男が続けた。

「鑑定を頼みたいのだ」

「あいにく、うちは質屋じゃないんだ。鑑定なんてやってないよ」

まじない師とわかっていながら、鑑定の依頼なんて。

しっしと手を振る燕雲の後ろで、珠華は首を捻った。

「……いや、これをより正しく鑑定できるのは、そなたしかいない」

横柄な口調で言った男は懐を探り、何かを取り出した。そのとき、ちらりと見えた外套の下は、簡素だが高級そうな服だった。

男は、台の上に取り出したものを置く。

「指環だね」

それは、水晶の塊をくり抜いて作られた指環だった。表面が滑らかに磨き抜かれている。高い技術でもって作られていると、素人目にもわかる代物だ。

燕雲は指環を一瞥《いちべつ》し、摘まみ上げるとなぜか珠華を振り返った。

「珠華」

「？　なんですか、老師」

「手を出しな」

差し出した手の上に、あまりにも無造作に指環が載せられる。

「そいつは、あんたが見な」

「えっ」

珠華はぎょっと目を見開いた。

自分のまじないの腕は、まだ師に到底敵わない。客が燕雲しか鑑定できないとわざわざ指名してきたものを、珠華に見極められるか。

（いいえ、やってみなければ。私には、これしかない）

自分が唯一、好きで、得意と言えるもの。武陽一、いや陵国一のまじない師である燕雲直々に仕込まれたまじないの技術。

珠華は燕雲にうなずいてから、男に視線を向ける。さすがに客の許可なく鑑定を引き受けるべきではない。

自分でいいか、と訊ねるために口を開いた。

「あの」

「……そなたは、鬼眼か」

男の言葉に、はっとする。慌てて目を伏せ、今度は視界に入ってきた自分の交じり気のない白髪に、手をやった。

珠華は、まだ十六の少女でありながら雪のごとき見事な白髪に、鬼眼――真紅の瞳という、端から見れば不気味で奇妙でしかない容姿をしている。

髪も瞳も、どちらも生まれつきのものだ。おそらく、赤子の頃に親に捨てられたのもこの異様な色彩のせい。

近所の常連客たちはすっかり慣れていて、今さらあからさまに気味悪がったりしない。けれど、この鬼を呼ぶといわれる目と不吉な色である白の髪は目立つ。燕雲の評判を聞きつけてやってくる一見《いちげん》の客などを不快にさせることが多かった。

「……こんな薄気味悪い女に、大事な依頼は任せられないわよね」

「いや？」

表情はわからない。しかし、男はどうやら気にしたふうでもない。おまけに、

「ただ、初めて見たからつい口に出ただけだ。興味深い」

などとのたまった。

思わず、珠華はがっくりと脱力する。男の声音にはまるで悪意や嫌悪を感じない。

信じがたいが、本心からの発言だったとしたら、よほどの変人か世間知らずか。

今まで、鬼眼を見た反応は皆同じだった。化け物の目だ、呪いの瞳だと。間違っても、興味深いなんて言って、まじまじ観察するようなものではない。

「では、私が見てもいいですか」

「構わない。ぜひ、意見を聞かせてほしい」

男が鷹揚にうなずくので、珠華は安堵してあらためて指環を観察し始めた。

彼の説明によれば、どうやら知りたいのはこの指環自体の価値ではなく、指環が持つという、不思議な力の真偽らしかった。

「どういう力ですか？」

「どんな病や呪いでも、たちまち浄化する力だと聞いた」

なんだ、その胡散《う》《さん》臭《くさ》い触れ込みは。この偉そうな男、まさかおかしな商人かなにかにつかまされたのではあるまいな。

もうそれだけで不審極まりないのに、さらに男は盛大な爆弾を投下した。

「実はその指環、なんと、伝説の七宝将の持ち物らしい」

それを聞いた瞬間、男の顔面に指環を投げつけなかった自分を、誰か褒めてほしい。

七宝将といえば、大昔、この陵国を建国した伝説の皇子に付き従っていた七人の武人のことである。

皇子と巫女、そして七人の武人が悪鬼を退け、この地を平定する英雄譚は陵国の民ならば誰でも、言葉を覚えたての幼子でも知っている有名な物語だ。

ただ、その七宝将が持っていたという、それぞれの武人を象徴する宝石をあしらった指環は、今に至るまで本物が見つかっていない。

(だから、指環を持っていたという逸話自体が作り話だっていうのが、今の定説なのよね)

七宝将の指環、と呼ばれる指環は、武陽中に多く流通している。

しかし、そのどれもが文献などの記述に沿った模造品にすぎない。安価なものは武陽土産《みやげ》として定番だし、この指環のように高価なものは、金持ちが装飾品や鑑賞物として道楽で作らせ、収集する。

珠華は美しい指環を前に、ため息を吐いた。

「……確かに、七宝将の伝説に水晶の指環を持った武人の話はあります。でも、この指環に特別な力があるとは思えない。そこまでの〝気〟を感じないわ」

「〝気〟か。……燕雲、そなたの意見も同じか?」

男が燕雲に訊ねる。これに、師もはっきりとうなずいた。

「同じだね。その指環に浄化の力、なんてたいそうなもんはないよ」

珠華はほっと胸をなでおろす。

間違っていたらどうしようかと緊張したけれど、合っていてよかった。

反対に、男は見るからにがっくりと肩を落とし、落胆を隠せない様子だ。

「やはりな。予想通りだが、力がないなら、どれだけ立派な逸品も無用の長物でしかない」

「これだけ大きな水晶を、これだけ滑らかに研磨してある指環だもの。模造品にしても、かなり高価で手が込んでいると思うわ。そんなふうに言うものじゃないわよ」

「いや、もうこれは無意味だ」

珠華が差し出した指環をいったん受け取ったものの、男はそのまま無造作に台の上に投げ出した。

それに食いついたのは、今まで完全に傍観に徹していた子軌だった。

「じゃ、それ、俺がもらってもいいか？」

「は!?　何言ってるのよ、あんた」

あまりにふざけた物言いに、ぎょっと目を剝く。

いくら持ち主である男がいらないと言ったとて、これほどまでの逸品を軽々しくただでもらおうなどと、いくらなんでも非常識極まりない。

だいたい、一般庶民がそんな高価なものをどうしようというのか。

「なんか格好いいから欲しいな～って。本人がいらないって言ってるし別にいいじゃん」

　この駄目人間！　と珠華は頭を抱えた。

　しかもどうやら、この目の前の正体不明の男もまた、幼馴染に負けず劣らず変人だったらしく、信じられない発言が飛び出す。

「ああ、持っていっても構わん。必要ない」

「はあ!?　ちょ、そんな簡単に――」

「わーい。ありがたくいただくよ、お兄さん」

　子軌は子どものように両手を挙げて喜びながら、台の上の指環をさっと取った。

「あとで返せっていっても、返さないからね」

「ああ。自分で使うなり売り払うなり、好きにしてくれ」

　あまりの出来事に、珠華は唖然としてしまう。

　この幼馴染とはもう十年以上の付き合いだけれども、ここまで非常識な人間だとは思わなかった。

「老師からもなんとか言ってください！」

　珠華は隣の燕雲に助けを求めるも、薄情な師は首を横に振る。

「この小僧が、あたしの言うことなんか聞くわけないさ」

「そんな」

ここに、常識人は自分しかいないのか。

呆然とするしかない珠華は、指環を手に、機嫌よく店を出ていく子軌の後ろ姿が戸の向こうに消えた瞬間、はっと我に返る。

こうしてはいられない。大事になる前に、止めなければ。

「待ちなさい、子軌――！」

慌てて飛び出そうとした珠華だったが、気がはやり過ぎた。

狭い店の中で、うっかり勘定台の角に足の爪先をひっかけてしまった。

「ひゃ……っ」

ひどく慌てていたせいで、踏みとどまれもせず、珠華は倒れることを覚悟する。

（あっ……――）

けれど、予想していた衝撃はこなかった。

どうやら、さりげなく差し出された腕に抱えられ、棚に激突し商品をばらまきながら床に転がるという、最悪の事態は避けられたらしい。

珠華は、ほっと安堵の息を吐く。

「助かりました。ありがとうござ――」

「あああぁぁぁぁ～……」

高い位置にある男の顔を見上げ、お礼を言おうとした珠華は、頭上から聞こえてきた情けない声に目が点になった。

「ええ？」

なんだ、今の声は。

驚いて勢いよく顔を上げると、珠華を支えようとした拍子に外れてしまったのか、布で隠れていた素顔を露わにし、なぜか天を仰ぐ青年の姿があった。

（な、何事!?）

青年は、とても美しかった。年の頃は、二十前後か。

背中の半ばまである長い黒髪は、手入れが行き届いているのだろう、絹糸のように滑らかで艶やかだ。きりりと整った眉に切れ長の目元、鼻梁は高くすっと通っていて、まるで研ぎ澄まされた刀身のような白皙《はくせき》の美貌を、さらに鮮烈な翠の瞳が華やかに彩る。

どこかで見覚えのある顔だ。はて、どこでだったか。

ともあれ、文句のつけようがない完璧な美青年である。……のは、確かだが。

「ふ、不覚……！」

この世の終わりかのごとき絶望を顔に滲《にじ》ませ、青年は項垂《うなだ》れる。

「はあ？」

「これでもう、今日明日の仕事は手につかない。またじんましん地獄だ……！」

思わず首を傾げる。

じんましん地獄とは。そんな愉快な名前の地獄は、民間伝承に精通しているまじない屋の珠華でも聞いたことがない。

超のつく美青年が頭を抱え、おかしな声を出し、絶望に打ちひしがれる姿は珍妙としか言いようがなかった。

呆気にとられ、ぽかんと眺めているしかない珠華と燕雲の二人は、今度は急に「あれ？」と動きを止めた青年に、つい後ずさりする。

「じんましんが、出ない……」

なぜ、どうしてと唱えながら、今度はしきりに高価そうな服の袖を捲り、襟を開《はだ》けさせ、自分の皮膚の状態を確認する青年。

奇行を繰り返す姿を見ているうちに、ふと脳裏に閃くものがあった。

(ああ、思い出した。この人——いえ、この方)

いや、おかしい。珠華が知っている姿から受ける印象とかけ離れている。

それでも、と思い、おそるおそる訊ねてみる。

「……じんましん、って、何のことですか。皇帝陛下」

は、と青年の顔がこちらを向いた。

「ばれたか」

「ばれるも何も、絵姿はそこらじゅうで見られますし」

見覚えがあるはずだ。

陵国の若き皇帝、劉白焔。彼の絵姿は特に女性に人気が高く、即位直後は飛ぶように売れたらしい。理由は簡単である。

皇帝陛下は、すこぶる顔がいい。

珠華も売られている絵姿をちらりと見たことがあるけれど、それはそれは美しく描かれていた。とはいえ、所詮はただの絵だ。描き手の主観が大きく影響するし、どうせ誇張されているだろうと思っていたのだが。

（さすが、皇子時代から麒麟児《きりんじ》と噂され、即位後は無欠皇帝なんて異名がつくだけのことはあるわね）

珠華はひとり、うんうんと納得する。

実物の皇帝陛下は、むしろ絵姿を超える美丈夫だ。さらに噂では、美しいだけでなく、文武両道な上に清廉潔白、品行方正な人柄らしい。

本当にそんな完璧な人間が存在するのかと疑わしいものだが、実際に目にすれば、容姿が優れている点については認めるほかなく、それ以外の噂についても信憑性が増してくる。

「ばれては仕方ない。――そなた、名は？」

「李《り》珠華です」

　珠華はしがない一般庶民だ。皇帝に対する礼儀作法など知らない。ゆえに、普通に名乗ると、皇帝は怒るでもなくひとつうなずく。

「俺は劉白焔。この陵国の皇帝をしている。珠華、そなたに訊きたいことがあるのだが」

「なんでしょうか？」

「実は、俺は謎の奇病に罹《かか》っているのだ」

　なぜか偉そうに皇帝――白焔は言う。そういえば、やたらと態度が大きく、横柄なのはきっと高貴な生まれの人物だからだろうと予想していたけれど、皇帝なら納得だ。

　しかし偉そうなのに憎めないのは、やはり皇帝の器ということだろうか。

　そんな事を考えながら、珠華は「奇病？」と問い返す。

「うむ。ここでは話せない。どこか場所を変えたい」

　確かに、こんな誰でも入ってこられる場所で、皇帝が病気だなどと話すのは迂闊《うかつ》に違いない。

「じゃあ、奥の作業場でよければ、移動しましょう。……老師、構いませんか？」

　ずっと黙ったままの燕雲を振り返れば、のんびりとしたうなずきが返された。

「店番はあたしがやるから、好きにしな」

「ありがとうございます」

師の許可を得て、珠華は白焰を店舗の奥の作業場へと案内する。

狭い部屋だが、白焰は特に不平を言うことなく、珠華が勧めた古い木製の椅子に腰かけ、興味深そうに部屋の中を見回していた。

「すごい量の書物だな」

「ええ、まあ。まじない屋は古い文献を紐解き、得た知識を皆に還元するのが仕事みたいなものですから」

なるほど、と呟く白焰を、珠華は無意識に探るようにうかがう。

貴族や皇族などの高貴な人々は、普通、庶民的なものや古臭いものを嫌がる。

実際、今までも高名なまじない師である燕雲を頼って、貴族がお忍びで店を訪ねてきたことが何度かあり、いずれもひどいものだった。

こんな狭くて汚い店には入りたくないだとか、近づくのも嫌だとか。

そういうときは結局こちらから貴族の屋敷に赴くことになるのだが、そのときも無駄に煌びやかな服に着替えるよう強制されたり、さんざんだ。

(でも、皇帝陛下は違うのね)

嫌な顔ひとつしないどころか、綺麗な翠の瞳を子どものように輝かせ、興味津々な様子である。

「どうぞ」

珠華が白焔の前に茶碗を置くと、躊躇《ためら》いもなく入っていた茶を飲み干した。いささか不用心すぎやしないだろうか。

「変わった味の茶だな」

「素直に苦いとか不味《まず》いとか、おっしゃっていただいて結構ですけれど」

「ふむ。庶民の間ではこういう茶がはやりなのか？」

「いえ、それはうちの店で作って売っている、薬草茶です」

じんましんがどう、という話だったので、痛みや痒みなどを鎮める茶を出してみた。かなり苦みがあるので怒られるかと思ったのに、何やら感心しているふうな白焔に、さすがの珠華も警戒するのが馬鹿馬鹿しくなってくる。

「それで、奇病というのは？」

珠華が白焔の向かいに座って問えば、白焔は「それなのだが」と話し始めた。

「もう、十年ほどになるだろうか。俺はずっと謎の奇病に冒されていてな。その奇病というのが、女人に触れると必ずじんましんが出る、というものなのだ」

「はあ……？」

無礼は百も承知だが、そんなおかしな病気があるだろうか、と珠華は首を傾げる。

「そのじんましんが、ひどいものでな。少しでも女人に触れたら最後、二日ほどは全身が熱くなって、膨張して見えるほど腫れあがり、痒みとそれ以上の苦しさで寝台から起き上がれないほどだ。おまけに老婆から赤ん坊まで、年齢問わずすべての女人に触れるとそうなる」

白焔の口調には次第に熱がこもり、切実さが伝わってきた。

「もちろん、ありとあらゆる評判のいい医者に幾度も診させたが、原因すらわからない。臣下たちには早く結婚しろとか、世継ぎをと言われるが、こんな身体じゃ結婚なんて夢のまた夢！　俺はこんなにも素晴らしい人間だというのに！」

白焔の熱弁に珠華は思いきり引いた。

（うわあ……それ、自分で言っちゃうの）

さすが、皇帝陛下は言うことが違う、と白けた気持ちで目の前の美青年を見遣る。

「……私に訊きたいことって？」

「うむ。これは燕雲への二つ目の依頼にもかかわるのだが。珠華、そなたはこの奇病の治し方を知っているか？」

「いえ、まったく。そんな病気、見たことも聞いたこともありません」

なぜ、珠華ならわかると思ったのだろう。ありとあらゆる名医に診せてわからなかった病を、こんな民間のまじない師見習いになんとかできると普通、考えるだろうか。

　それにしても、女性に触れるとじんましんが出るなんて、本人も言っていたように皇帝陛下にとっては大問題に違いない。それほどひどいじんましんでは、もはや女性に触れるのを避けるしかない。世継ぎだなんだという以前の話であるわけで。

　そこで、珠華はひとつの疑問にたどり着いた。

「そのじんましんって、女性に触れるとすぐに出るんですか？」

「ああ。あっという間に全身が腫れる」

「……でも今、じんましん、出ていませんよね」

　そう、さっき珠華が転びそうになったとき、白焔は珠華に触れた。

　彼の話が本当ならば、今もじんましんが出ていないとおかしい。

「もしかして、布越しなら触れても大丈夫とか」

　尋ねてはみたが、白焔の表情は深刻だ。

「布越しで大丈夫だったら、こんなに困っていると思うか？　もし服を着ているだけでじんましんが防げるなら、いくらでもやりようはあるぞ。例えば服を着たまま──」

「あ、いいです。その話」

　なんだか下品な方向へ話が逸れそうな気配がしたので、珠華はばっさりと遮った。

「ではつまり、私に触れてもじんましんが出ない、ということですか」

「そうなのだ。理由が知りたい。……何か、心当たりはないか？」

心当たりと言われても。もとより病気の原因がわかっていないのだから、答えようがない。

困り果てる珠華に、白焔は「もしかして」と手を打つ。

「そなた、実は男か」

「なわけないじゃない」

誰が男だ、誰が。

しかし、本当にそんな病があるだろうか。逆に病でなかったとして、ではじんましんが出る原因は？

(老師を頼ってきたってことは、陛下はまじない……というか、呪詛に分類される呪術の可能性を考えているのよね)

白焔に対して害意ある何者かが、彼の立場を悪くするために呪術をかけ、世継ぎを残せない身体にしたと考えれば、辻褄はあう。

果たして、そんな者がいるのかは珠華にはわからないが。

「宮廷の神官や巫女には診てもらったんですか？」

「ああ。だが、わからないと言われた」

「うーん。宮廷神官にわからないとなると……呪詛や祟りでもないのかしら。でも、それだとますます意味不明よね……」

いや、待てよ、と珠華ははっと顔を上げた。

心当たりらしきものが、ある。

急いで服の懐を探り、首にかけていた目的の物を取り出した。

「それは？」

「私が作った、まじない除けの御守りです」

綺麗な赤い布の端切れを使って縫った、手のひらよりも小さな巾着袋。これは、少し前に珠華が自作したまじない除けで、なかなかよくできたので自分で使っていたものだ。

「これが呪術を無効にしたのかも」

この御守りには、かなり貴重な材料を用いている。燕雲が経験も大事だと言って、なかなか手に入らない植物や動物の骨などを使わせてくれた。

おまけにそれらの調合が、奇跡的な大成功となり強力なまじない除けになったのである。

だから、この御守りが宮廷神官にさえわからない呪術をはねのけたとしても、不思議はない。

「では、その御守りがあれば俺はもうじんましんに悩まされずに済むということか!?」

「うーん、そうなるんですかね。試してみます?」

珠華は御守りを机の上に置くと、軽い気持ちで白焔に手を差し出した。

本当に御守りが呪術を防いだなら、今度は御守りを持たない状態で触れれば、白焔は呪術でじんましんに襲われるはずである。

白焔は、ごくり、と喉を鳴らした。

「あぁ……」

白く、骨ばった大きな手があまり躊躇《ちゅうちょ》もなく、ぽん、と珠華の手に合わさった。

(お、思ったよりもがっつり乗っけてきたわね……)

普通、ひどいじんましんに襲われるかも、と考えたらもっと慎重になるものではなかろうか。

珠華がそんなことを考えている間にも、その結果はすぐに出た。

「うぐっ」

白焔の呻き声が聞こえてきてその手に目を落とせば、さっそく白かった手が真っ赤に腫れあがり、熱を持っている。……これは確かにひどい。

「う……っ、か、痒い」

顔まで真っ赤にした白焔の姿を見た瞬間、珠華は咄嗟にまじない除けの御守りを手にとっていた。

（これじゃあもう、全身にかけるしかない！）

御守りの巾着袋を開け、中の薬包を取り出す。そして粉状の中身を摘まみ、思いきり白焔に投げつけた。

「うわっ。……お」

御守りの効果は顕著だった。

あっという間に白焔の肌は元の白さを取り戻していく。

腫れあがった手が元に戻ったのを見届けた珠華は、ほっと胸を撫で下ろす。自分から試してみるか、などと言い出した手前、自分のせいで白焔が苦しむ羽目になったら気分が悪い。

「すごいな、まじない除けの効果は。しかし、そなた」

「？」

「……つかぬことを訊くが、その薬包の中身はまだ残っているか……？」

「あ」

しまった。つい夢中で、貴重なまじない除けの中身をぶちまけていた。巾着袋のままでもよかったかもしれない。

（どうしよう）

さあ、と顔から血の気が引く。

まだ半分ほどは残っているが、この量では心許ない。もう一度作って足そうにも、このまじない除けは奇跡的な大成功による偶然の産物である。作ろうと思って作れるものではない。それこそ、宮廷神官にも——師の燕雲にも。

白焔は珠華の様子からすべてを察したのだろう、がっくりと項垂れた。

「なんということだ……。それさえ買い取れば俺は今後、嫁をもらい放題の素晴らしき人生を送れると思ったのに……」

「ご、ごめんなさい」

宮廷神官にも見破れず、何をしても治らなかった、じんましんの呪い。また同じ材料を集めて、同じまじない除けを作っても効く保証はない。

珠華は必死に思考を回転させる。

何か解決の糸口はないのか。このまじない除けに代わる、解呪の方法は。

「……手は、まだあります」

そうだ。あのまじない除けは効くのだ。だったら、やりようはある。幸い、貴重な材料も相手が皇帝であれば問題なく集められるだろう。

「本当か!?」

「はい。そもそも、このまじない除けをあなたに売ったとしても一生、御守りを手放せない身体であることに変わりありません。つまり、医術になぞらえるならば、対症療法です。でも根本から呪術を消したほうがいいと思いませんか」

「できるのか？」

「たぶん。……ちょっと、長丁場になるかもしれませんけど」

一発でこの厄介な呪術を消すのは難しい。しかし、時間をかけて段階的に行えばなんとかなるだろう。

珠華がそう説明すると、白焔はふむ、とひとつうなずいた。

「そうか、では珠華。——俺の後宮に入れ」

…………。

…………。

…………。

「は!?」

たっぷり数十秒の沈黙のあと、珠華はぎょっと目を剝いた。

(待って待って待って!?　今なんて!?)

聞き間違いでなければ、後宮に入れとか言われた気がしたのだが。

「だから。そなた、俺の妃となれ」

——今度こそ、聞き間違いではない。

「はあああ!?」

なぜ、ここまでの流れでそういうことになるのか。まったくわからない。後宮に入れ？　妃になれ？　どうしたらそんな結論に至るのだろう。

呆然と白焔の顔を見れば、いい考えだろう、と言わんばかりに自信ありげな笑みを浮かべてこちらを見下ろしている。

「なんで!?」

皇帝に対して無礼も何も、気にしていられない。

珠華は摑みかかる勢いで白焔に詰め寄ったが、このおかしな皇帝陛下はまったく動じず、麗しい笑顔を崩さない。

「うむ。……ここで、三つ目の依頼がかかわってくるのだ。実は今、後宮で怪事件が起きていてな。それを燕雲に解決してもらおうと思っていた」

後宮に、怪事件。話が急展開すぎる。

「私を後宮に入れて、老師の代わりにその怪事件とやらを解決させる。さらに、私が後宮に入ればあなたはいちいちこの店に来なくてすむ。……って、そんな馬鹿な」

白焔の狙いを読み取り、先回りして口にした珠華は頭を抱えた。

妃になる必要性をまったく感じないし、皇帝陛下のためとはいえ、なぜ珠華がそこまでしなくてはならないのか理解不能である。

（これって、命令？　もしかして拒否権ない？）

勘弁してほしい。しばらく城に滞在して呪術を解けというならまだしも、妃になれなんて、そう簡単には了承できない。

「当然だが、悪いようにはしない。後宮にいる間は衣食住を保証するし、報酬も十分支払う。そなたの望むものをなんでも授けよう。どうだ？」

「……そんなこと言われても」

珠華の居場所はここだ。幼い頃から何年もかけて、こんな容姿の珠華を受け入れてもらえるようになった。

だいたい、口約束なんて信用できない。

仮に後宮に入ったとして、その間の生活はこの皇帝陛下のおんぶに抱っこになるということ。それでももし裏切られ、話を一方的になかったことにされたら？　相手はこの国の最高権力だ。珠華ごとき、いつでも、どうとでもできる。

こんなわけのわからない案件に無理やり巻き込まれた挙句、自分ではどうにもならない生活を送るなんて、まっぴらだ。

珠華ははっきり断ろうとしたが、白焔が口を開くほうが早かった。

「頼む。このままでは本当に……困るのだ」

「…………」

「俺に、どうしても皇帝の座にしがみついていたい気持ちはない。だが、このまま俺の皇帝としての権威が失墜すれば、今の朝廷は間違いなく混乱に陥る。そしてその混乱は政《まつりごと》を停滞させ、民にも大きな影響が出るだろう。それは、なんとしても避けたい」

白焔の言葉を聞きながら、足元へ目を落とす。

(言っていることは理解できる、けど)

すぐに結論を出すには、重すぎる提案だ。

正直なところ、この話は魅力的だ。仕事の内容はまじない師の仕事の範囲内だし、報酬は多いに越したことはない。

でも。

「……私が皇帝陛下の妃なんて、無理です。だいたい、私みたいな見た目の女を妃にするなんて、周りが納得するはずありませんし。しかもただの庶民な上、孤児ですし。呪詛や怪事件よりも面倒なことになりません?」

「名案だと思ったのだが」

「気のせいですよ。ちょっと盛り上がってしまっただけでしょう」

珠華が言うと、白焔はううむ、と考え込んでしまった。

少し言い過ぎたかとも思ったが、これはまあ仕方ない。そんなその場の勢いで自分の人生を左右されては、たまったものではない。

怪事件だって、宮廷神官が解決すればよいことで、呪詛の解除は別に珠華が定期的に城へ通えば済む話である。

しかし、白焔はあきらめたわけではないようだった。

「では珠華、こうしよう。そなたが俺の呪いを解き、怪事件に向き合う間だけ、俺の妃として後宮に滞在してほしい」

「は？」

「依頼内容を変えよう。……珠華、俺と、期間限定の偽装夫婦になってくれ」

珠華は今度こそ完全に言葉を失った。

そんな珠華を見て、白焔はくすり、と笑う。

「すぐに答えを出せとは言わぬから――三日後、また来る。そのときまでに考えておいてくれ。俺の頼みだからといって、無理に引き受ける必要はない。これはほとんど俺の個人的な依頼だからな。断りたければ、遠慮なく断ってくれ」

「え……」

「いい返事を期待している」

白焔は「ではな」と言い残し、さっと身を翻す。

そして、作業場には呆然とする珠華だけが残された。

その晩、珠華は寝間着で作業場にいた。

白焔が帰ったあと、何をやっても上の空で仕事も手につかなかった。その分をこうして、就寝までの時間に取り戻そうと机に向かったのはいいが、どうしても筆が止まってしまう。

ぽたり、とひと粒、貴重な紙の上に墨の染みができて、我に返る。

（いけない。全然、集中できていないわね）

この体たらくでは護符づくりもできないし、仕事にならない。

珠華ははあ、と大きなため息を吐いた。

（皇帝陛下、本気かしら）

期間限定の偽装夫婦なんて言っていたが、つまり、嘘の婚姻ということだ。もし珠華がそれを引き受けたとして、露見したら大問題になる。それこそ、白焔の権威を失墜させかねない。

そこまでの危険を冒してまで、珠華を取り立てる意味は？　何か、裏の目的があるのでは？

（老師じゃなく私に依頼したのも、実は策略だったとか……）

皇帝は燕雲を訪ねてきたはずだが、いつの間にか、珠華が依頼されていた。よく考えたら、それも不自然に思える。

疑いだしたらきりがない。

いつもの依頼なら、こんなに悩まない。それはどこかで、ちゃんと割り切れているからだ。

まじない師がまじないを提供し、対価として金銭を受け取る。そこには最低限の契約があるのみだ。たとえ裏切られても、大した問題にはならない。

では、今回は？

（……いい返事、なんて）

できるだろうか。いくら報酬がよくても、危険が大きすぎやしないか。

「まだ起きていたのかい」

ふいに燕雲の声が聞こえて、珠華は顔を上げた。

「老師、すみません。もう休みます」

作業場と住居部分を繋ぐ出入口で眉を寄せてこちらを見る師に、珠華は慌てて立ち上がる。

本当はもう少し仕事をしたかったが、はかどらないので仕方ない。

寝床に引き上げようとした珠華を、けれども燕雲が止めた。

「ちょっと座んな。これでも飲んで」

「あ……はい」

手渡された茶碗の蓋をとると、中には心を落ち着けるほのかに甘い薬草茶が入っている。

燕雲に促され、珠華は大人しく茶碗を手に元の席につく。そして、その向かいに燕雲が腰かけた。

「珠華、あんた、今日の依頼で悩んでいるね？」

静かに問われ、うなずく。

きっと、珠華と白焔の話は店番をしていた燕雲にも漏れ聞こえていただろう。師は珠華の悩みなんてお見通しなのだろうな、と思った。

「……皇帝陛下のこと、信頼していいんでしょうか」

「さてね。あんたはどう思ったんだい？」

「よく、わかりません。嫌な印象は受けませんでしたけど、本性を隠しているかもしれませんし。あまり疑ってもしょうがないとは、わかっているんですけど」

少し話した白焔は、十分に好感を持てる人柄のように見えた。自国の長があいう、差別をしない人物であったことを誇りにも思う。

でも、だめなのだ。

今までいつだって、珠華はこの奇妙な見た目のせいで損をしてきた。人々は、化け物のような色彩の珠華を人として扱わない。すぐに裏切るし、見下したり憐れんだりする。

必要以上に疑り深い自覚はあるけれど、でないと、自分の身を守れないのだ。

「依頼は、やってもいいかなと思います。でも、後宮に入るのは……」

さらり、と肩口から垂れた一房の白髪が、視界に入り込む。

どんなに人を疑い、心を守ろうとしても、悪口を言われ続けて傷つかないでいられるわけではない。しかも後宮になんて入ろうものなら、一庶民にすぎない珠華はいったい何重苦を背負うことになるやら。

今の皇帝である白焔に何人の妃がいるのか知らないが、まともに生活などできないだろう。

思い悩む珠華を見かねたのか、燕雲が口を開いた。

「珠華、あんたはもっと前向きに考えな。……いいじゃないか。後宮なんてそうそう入る機会もない場所なんだ、せっかく期間限定でいいなんて言われているんだから、物見遊山と思って楽しめば」

「老師……」

「何事も経験さね。若い頃、宮廷巫女をやっていたあたしがこうして街のまじない屋になったのも、すべては経験した上での選択さ。見習いなんて言っちゃいるが、あんたにはもう十分すぎるくらい、一流のまじない師としての力がある。足りないのは経験だけなんだ。いい機会だよ」

昔、宮廷で神職に就いていた燕雲は、どうしても宮廷の空気が肌に合わず、すっぱりと高給取りの巫女を辞して街へ下りたのだと聞いたことがある。

燕雲の言う通り、後宮で妃をやるなんて簡単に体験できることではない。

(あ、そっか)

思わず、笑えてきてしまう。

「……老師、しばらくひとりでもこの店をやっていけますか」

「ひとりで赤子のあんたを育てながら、店を切り盛りしていたのは誰だっけねえ」

ふ、と笑った親代わりの師に、珠華は笑みを返した。

後宮を含め、この国の中心である宮殿は、初代皇帝が作らせたときのままおよそ千年、当時の姿を保ち続けている貴重な歴史史料だ。それ自体が国の呪術的守護の中心で、特に後宮にある霊廟は今も祭事でよく使われている。まじない師なら一度見ておいて損はない。

妃になれだのなんだのが衝撃的すぎて、すっかり忘れていた。

(私としたことが。確かにまたとない機会よね。老師にはわかってたんだわ)

前向きに考えよう。

人生に一度、贅沢な生活を体験してみるのもよく考えたら悪くないし、さらに報酬ももらえるならいい仕事だ。相手が皇帝なので無駄かもしれないが、きちんと契約書でも書いてもらえば、いくらかは安心できる。

ときには、困難に飛び込んでみるのもいい。

「私、後宮に行きます」

三日後、店にやってきた白焰に珠華は自分の意思を伝え、そのさらに二日後には一台の豪奢《ごうしゃ》な馬車が後宮の門を潜《くぐ》ったのだった。

二　まじない師は怪異と向き合う

陵国の後宮の成立には、ちょっとした逸話がある。

およそ千年前、勇気ある一人の皇子によって建国された陵であったが、国を興《おこ》した直後は混乱ばかりだった。

秩序も何もなかった土地と人をまとめ、指導者を立て、初代皇帝となった皇子がさらにその指導者たちをまとめる。法を整備し、人々の最低限の生活を守る。

国の安定のため、各指導者たちとの縁を深める方法が、婚姻だ。彼らの娘を皇帝が娶《めと》るのはもっとも手っ取り早く、確実だった。

よって皇子の悪鬼討伐の仲間だった星姫《せいき》と呼ばれる巫女が、率先して後宮制度を整えた。

しかし彼女は、後宮が完成するのとほぼ時を同じくして、亡くなってしまう。

大きな力を持つ巫女であり、皇子を献身的に支え、陵国建国に一役買い……その結果、若くして亡くなった彼女を多くの人が嘆き、惜しんだ。

人々は星姫の貢献に報いるため、彼女を守り神として国中で祀った。星姫娘々《にゃんにゃん》と呼ばれ親しまれる彼女は現在、神々の中でもっとも身近で、もっとも信仰されている女神になった。

星姫娘々の廟は各地に数多あり、この後宮にもある。

けれども、そのような経緯で成立した後宮はのちに、廃止される。

十代ほど前の皇帝の御代《みよ》だ。愛妻家だった皇帝はたったひとりの皇后を愛し、ほかの女性を決して娶ろうとせず、ついには後宮を閉じてしまった。

その後、何代かは後宮を必要としない皇帝が続き、このまま後宮は完全になくなるのではないかと思われた頃。

今の皇帝、白焔の曽祖父の御代である。彼は非常に移り気な性質で、皇后ひとりでは満足できず、多くの妃嬪《ひひん》を必要とした。その結果、後宮を復活させることになったのだ。

もちろん、廃止以前のような、数千人規模とまではいかなかったが、数百人の女性が後宮に集められ、位や役職を与えられたらしい。

それから現在に至るまで、後宮のありようはまちまちだ。

白焔の祖父の代ではまたその存在意義は薄れ、しかし先帝の御代には皇后のほかに二、三人の妃たちが住んでいた。

（それで、今は私を含めて七人の妃がいるのよね）

珠華は情報を整理しつつ、ううむ、と唸る。

珠華が後宮の門を潜ったのは、数刻前のこと。与えられたのは、花月宮《かげつきゅう》という大きな宮をまるまるひとつ。四夫人、九嬪の下にあたる二十七世婦のうちの婕妤《しょうよ》という地位。そして豪華すぎる身の回りの生活必需品だ。

妃嬪の位については、後宮制度自体がすでに廃止されているので、名ばかりではあるのだが。

はっきり言って、やりすぎである。

本人曰く、白焔は今まで女性とのかかわりをかなり厳しく制限していたらしい。呪いのことを考えればさもありなん、と思うが、残念ながら事情を知るのはごく少数の人間のみだ。

つまり、白焔は女性にあまり興味がないと思われていたわけで。

珠華以外の妃嬪たちは、貴族たちが善意だったり何かの思惑だったりを抱いて勝手に送り込んできた者たちだという。

彼女たちの目に、女に関心を示さない皇帝が自ら見つけてきて、十分すぎる住処《すみか》と地位を与えた女がどんなふうに映るか。

（頭が痛いわ）

もうすでに厄介そうな気配をひしひしと感じる。

悶々としながら珠華は今、花月宮の居室で荷ほどきをしていた。

荷といっても、持ち込んだ私物はまじないに使う道具だけだ。生活に必要なものは、ここにすべて揃っている。

白焔からの連絡では、一応、妃である珠華には専属の世話役がつけられるはずだが、最初の出迎えから花月宮への案内のあと終《つい》ぞ誰も顔を見せない。

何が起きているかは推して知るべしである。

「そりゃあ、庶民の女に仕えて頭を下げるのなんて嫌よね」

む、と紅を塗った唇を尖らせて、独り言《ご》ちる。

別に女官をどうしてもつけてほしかったわけではない。珠華は身の回りのことは自分でできるし、期間限定の妃だから後宮のしきたりなども、最悪知らなくても構わない。

でも、こうもあからさまに避けられてはいい気分はしないものだ。

「とはいえ、協力者は必要だわ」

珠華はいそいそと持ち込んだまじない道具のひとつである、木製の文箱を開けた。

その中から一枚の白紙を取り出し、床に広げる。次に、文箱に入っていた針で自分の人差し指の腹を突き刺して、滲んだ血を紙の中心につけ、その血の点を挟むように二つの木簡を並べて紙の上に置く。

珠華は目を閉じ、呪《しゅ》を唱えた。

「あらわれよ、我が眷属《けんぞく》」

すると、二つの木簡がそれぞれぴしり、と音を立てる。次の瞬間には小さな動物の姿に変わっていた。

片方は、黒と白の毛並みの猫で、もう片方は薄紅と白の羽毛に覆われた小鳥だ。

「琅《ロウ》、珊《サン》。おはよう」

珠華が名を呼ぶと、二匹のつぶらな瞳が見上げてくる。

猫のほうが琅で、小鳥のほうが珊。どちらも珠華が生み出し、使役する式神だった。

彼らは主人である珠華にきわめて忠実なので、下手に知らない他人をそばに置くよりはるかにいい。

二匹の小動物たちは、珠華の差し出した手にすり寄ってくる。自分の式神ながら、その姿は実に愛らしい。

ひとしきり撫でまわすと、先に小鳥のサンが美しい囀《さえず》りとともに人の言葉を奏でた。

「珠華さま、ここは？　わたしたちをなぜお呼びに？」

珠華が答える前に、今度は猫のロウがごろごろと喉を鳴らしながら言葉を発する。

「そんなの、どうでもいい。ご主人様に会えて、うれしい」

「どうでもいいですって？　ロウ、あなたにやる気はないの？」

「おれ、ご主人様のそばにいられれば、それでいい」

この式神たちは顔を合わせるとこれだ。二匹とも、珠華の現時点での最高傑作なので能力は問題ないのだが、性格が合わない。

珠華は眉尻を下げて、式神たちを窘《たしな》める。

「こらこら。これから二人には存分に働いてもらわないといけないんだから、喧嘩しないで」

ぴーぴー、にゃーんと言い合っていた二匹が、ぴたりと黙った。

「二人には、今の状況を簡単に説明するわね」

前置きして、ここまでの出来事を短めに話して聞かせる。

何しろ、珠華には心から信頼できる味方がこの式神たちだけなのだ。やってもらいたいことは山ほどある。

「でね、サンは人型になって私の女官役をしてほしいの。ロウはその姿のまま、私の愛猫のふりで護衛役になってくれる？」

式神は本性の動物の姿と、人の姿を基本としている。

サンは女性型の式神なので問題なく人間のように振る舞えるが、ロウは男性型なので男子禁制の後宮では差し支える。猫のままでいてもらったほうが無難だろう。

二匹は珠華の頼みに、迷わずこっくりとうなずいた。

「珠華さま。わたし、女官の役目、きっちり果たしてみせます」

「おれもー。ご主人様を守るの、おれの仕事だから」

「ありがとう、二人とも。じゃあ、さっそく取り掛かりましょう」

ひとまず、まじない道具の入った文箱を錠付きの抽斗《ひきだし》にしまい、ふう、と息を吐きながら凝り固まった肩を叩く。

今の珠華の装いはお姫様仕様。

長い白髪は金銀宝玉をあしらった簪《かんざし》や花飾りでこれでもか、とてんこ盛りに結われ、首がおかしくなりそうなほど重い。

衣装にしても、滑らかな絹の単衣《ひとえ》の肌触りは最高だが、これを何枚も重ね着し、厚くて長い刺繍入りの帯をしめ、引き摺るくらいに裙《くん》の裾《すそ》が長いとなれば話は別である。

一般的な庶民は、足首が出るくらいの丈の裙を穿くのがせいぜいだ。なぜなら、布は潤沢ではないし、働くのに長い裾は邪魔になる。

それに慣れている珠華にとって今の豪華な衣装は重く、少し歩くだけでも裾を踏んで転びやしないかと、神経をすり減らしてしまう。

「やっぱり、私には場違いだわ」

最初から想像はついていたけれど、実際に体験すると身に染みる。

若い女なら、多くが一度はこんな煌びやかな暮らしに憧れるのだろう。でも庶民は庶民らしく、質素な暮らしをしているほうがいい。

「こうなったら、早いところ依頼を達成して家に帰るに限るわね」

よし、と自分を鼓舞する。

「珠華さま、準備できました」

「あら、すごい。美人よ、サン」

部屋の衝立の向こうから姿を現したのは、人型になったサンだ。

人の姿をしたサンは二十歳くらいの、色白の美女である。女性にしてはすらりとした長身で、めりはりのある身体つきをしている。

女官の衣装を身に着けていると、どこか良い家柄の令嬢のようだ。

「ありがとうございます、珠華さま」

「じゃあ、これからその姿のときは、女官の珊瑚《さんご》って名乗ってね。それから、私には陛下の命令で嫌々従わされているって設定で、上手くほかの女官たちと交流してくれる？」

「……珠華さまに嫌々従っているなんて、嘘でも言いたくありませんけれど、やってみます」

「お願いね」

部屋の留守はロウに任せ、珠華とサンは居室を出た。

まずは、住まいとなる花月宮の構造の確認からだ。本当は勝手知ったる女官に案内してもらえばいいのだが、来ない以上は自分でやるしかない。

この後宮は、いくつかの建物から成り立っている。

珠華が与えられた花月宮は、長い歴史の中で皇后の住まいだったこともある、実に由緒正しい、特に高い地位の妃が住むべき大きな宮だ。

主人のための広い居室や寝室はもちろん、大勢の宮女たちが暮らせるように部屋がいくつもあった。

「サンも、好きな部屋を使っていいからね」

美しい春の庭園を見渡せる回廊を歩きながら珠華が言うと、サンは思いがけない様子でぱちぱちと瞬く。

「あまり、必要ないですけれど……」

「いいの。部屋を持っていなかったら怪しまれるでしょう」

「はあ。そういうものですか」

こんな大きな住まいは必要なかったのに、と文句を言っても仕方がないので、せいぜい有効に使わせてもらおう。

だいたい、不満をぶつけるべき白焔は多忙で、今日だって珠華を迎えに来たのは何も知らなそうな使者だけだった。その使者に何を言ったところで困らせるだけなのは間違いないので、受け入れるしかない。

珠華は、頭の中で白焔からの依頼内容を反芻《はんすう》した。

（ひとつ、陛下にかけられたじんましんの呪詛の解除。ふたつ、後宮内で起きている怪事件の調査と解決――）

一つ目については、どうにかして毎日白焔と接触する必要があるが、おそらくほかの妃たちに知られないように密かに何らかの措置がとられることになるだろう。

二つ目の怪事件については、どうしようかと考え中だ。

ぼんやり歩いているうちに、珠華たちはいつの間にか花月宮の外れまできていた。

「――気持ち悪い」

ふと、そんな声が耳に入ってきて、はっとする。

視線を巡らせると、ちらほらとこちらを窺う宮女たちの目があることに気づいた。

（野次馬、よね）

新入りの様子を見に来たのだろう。ひそひそと、囁《ささや》き合う女たちの声が嫌でも聞こえてくる。

「あの髪と目、気味が悪い」

「それなのに陛下のお気に入りだなんて、信じられない。しかも市井《しせい》からわざわざ」

「きっと、物珍しいから陛下のお目にとまっただけでしょう」

聞いているだけでため息が出た。

自分の容姿が気持ち悪いことも、今の状況がおかしいことだって、言われなくてもわかっている。

「わかっていたことよ。誰だって、私みたいなのが降って湧いたら不快に思うに決まっているもの」

「珠華さま……」

情けなくて、心配そうなサンと目を合わせられない。

多くの人は、異常な色彩を持つ珠華とかかわりあいたいと思わないし、近づくのすら嫌がる。それが普通なのだ。

――好きでこんな見た目に生まれたわけじゃない。

生まれてこのかた、何度そう思ったか知れない。

無意識に、握った手に力が入った。

「ここにだって、心底来たくて来たわけじゃないのに」

恨み言を言っても仕方ない。けれど、仕方ない、仕方ないと自分に言い聞かせても、怒りや悲しみは湧いてくる。

暴れだしそうな感情をなんとか押しとどめ、その場を離れようとしたときだった。

「……っ」

一瞬、ぞわ、と背筋に悪寒が走った。

強い嫉妬と、憎悪の視線。

ひときわ激しいそれは、隣の建物の回廊から発せられている。

（あれは……）

遠目に目が合う。

数人の女官たちを従えた、珠華と同じくらいの年頃の娘だった。身なりからして、珠華のほかにいる、六人の妃嬪のうちのひとりだろう。

遠くからでも、煌びやかで美しい容姿の姫であることがわかる。

しかし目が合ったのはほんのわずかな時間で、相手はすぐに身を翻して行ってしまった。

（やっぱり、こうなるわよね）

白焔は最高の待遇を約束してくれたが、だからといって安心なんてできようはずがない。

後宮制度が生きていた時代の歴史を紐解けば、そこにはいつだって、女同士の血にまみれた寵愛の奪い合いがあるのだ。

半歩後ろに立ったサンが、小声で囁いた。

「わたし、調べてみます」

「今の人？」

「はい。……危険があってはいけませんし」

サンは警戒心をあらわにしている。

確かに、今の視線は尋常でなかった。ただ、優先すべきことはほかにある。

「お願い。でも、怪事件のことを調べるついでいいから」

まだ後宮にきて数刻。だというのにこんなにも噂になり、おまけに寒気がするほどの強い負の感情を向けられる。まったく、先が思いやられる。

(あのときの子軌の占い、癪だけど当たっていたわね)

北から来る災い。

あの日、まじない屋より北に位置する金慶宮からやってきた白焰が珠華にもたらしたのは、間違いなく災難だった。

そして、災難はまだまだ終わらない。


夕刻になり、さて食事をどうしよう、と珠華が己の式神たちと考え始めた頃。

それは突然やってきた。

「今、なんて？」

「は、はいぃ。あの、ですから今宵、へ、陛下がお渡りになりますぅ」

泣きそうに揺らぐ高い声でそう話すのは、どうやら珠華に付けられることになった宦官《かんがん》らしい。

名を文成《ぶんせい》といい、困ったような八の字の形の眉と、小粒な丸い目が特徴的な小男だ。いや、小男といっても、童顔らしく小柄な体型とあいまって少年のようにも見える。

後宮が実質廃止されている現代に宦官がいるのかと不思議だったが、どうやら彼にも複雑な事情があるようだ――というのは、さておき。

「ど、どういうこと？」

日も傾いてきてようやく後宮の関係者がやってきたかと思えば、これである。

お渡り……それはつまり、夜に珠華の寝室に白焔が来るということ。

（なんで!?）

珠華は綺麗に結われた髪をぐしゃぐしゃに掻きむしりそうになって、なんとか思いとどまる。

じんましんの呪いを解くためには、毎日なんとかして白焔とは会わなければならない。これは変えようがない。しかし誰が、夜に来いと言った。

珠華の予想では、どこか人目につかないところで、日が高いうちに会うはずだったのに。

（正式にお渡りなんて話になったら、またやっかまれるじゃない）

白焔のことだ。寝所で相手をしろ、なんて言い出しはしないだろうが、事実はどうあれ、ほかの人々の目にどう映るかは明白だ。

「あ、あの婕妤」

「なんでしょうか」

つい、刺々しい口調になってしまったが、構っていられない。

「いえ、申し訳ありません。自分も陛下から、あなた様の事情は伺っておりまして……お渡りになるのはやめたほうがいいと進言はしたのですが……」

珠華は驚いて目を瞠《みは》った。

おろおろと視線を泳がせ、しきりに手指を動かしている様子は頼りなさそうな文成だが、どうやら白焔よりは話がわかるようだった。

しかも、事情を聞いているということは、白焔に信頼されている人物であるわけだ。

「ありがとうございます。では、お渡りについてはいったん置いておくとしても……あなたのことは、私の戦力として数えていいんですね？」

「はい。陛下からあなた様に従うようにと厳命されております。なにぶん、急なお話でしたので手続きに手間取ってしまい……お目にかかるのが遅くなり、申し訳ありませんでした」

「それはいいです。こんな私に付き従うのは面倒でしょうが、よろしくお願いします」

重たい頭を軽く下げると、「いえいえ！」と文成が慌てて立ち上がった。

「自分に頭などお下げにならないでください。――あなた様の色、自分はとても神秘的で美しいと思います。それに、市井の出なのは自分も同じですので」

こうしてなんとなく分かり合えた珠華と文成だったが、問題は何ひとつ解決しないまま時はずるずると過ぎて、ついに夜になってしまった。

寝室には珠華ひとり。

文成を経由して、解呪に必要な材料も完璧に用意され、憂いは何もないはずだけれども。

「すごく緊張してきた……」

贅沢に湯を用いて沐浴し、サンに丁寧に梳《と》いてもらった髪を撫でる。

今さらながら、白焔にはいろいろと無礼を働いてしまった。怒りを買わなかったのは幸いだったが、これからは偽装とはいえ皇帝と妻として会うことになる。場所が変われば礼儀も変わる。宮中での作法などを何も知らないのは不安だった。

（悩んでも仕方ないわよね。生まれは変えられないし、別に変えたいとも思わないし）

外見が普通だったらよかったと思うことはあっても、今の燕雲との暮らしに不満はない。むしろ、まじない師としてこれ以上ない環境で育ててもらえて幸運だった。

いたたまれない心地で、椅子から立ったり座ったり、寝室をうろうろしていると、部屋の外から微かな足音が聞こえた。

(き、来た！)

きい、と扉が軋む音とともに、珠華の目の前に白焰が現れる。

「珠華、邪魔するぞ」

きちんと皇帝らしい格好をした白焰は、まるで別人みたいに見えた。

店に来たときも、決して身なりがよくなかったわけではないけれど、雰囲気の成せる業だろうか。

そして、不気味なくらいの満面の笑みを浮かべている。

「い、いらっしゃ……い」

「うむ。——文成、案内ご苦労だった。明日からも頼むぞ」

白焰は先導してきた文成を帰すと、堂々と部屋に入ってきた。

機嫌よさそうに、しかも我が物顔で寝台に腰かける白焰に、珠華は次第にじとりと半眼になる。

「ん？　どうした？」

「どうした？　じゃありません」

今日一日で溜まりに溜まった鬱憤《うっぷん》を込め、強めに足を踏み鳴らして白焔の前に仁王立ちになった。

あんなに緊張していたはずが、やけににこやかな皇帝陛下の顔を見ていたら、徐々にむかむかしてきた。

こっちは初日から嫌な思いをしたり、さんざんだったのに。呑気にへらへらして。

「私、大変だったんですからね！」

珠華の訴えに心当たりがないのか、白焔は首を傾げた。

「何か不備があったか？」

「……全部です。どうして私をこんな扱いにしたんですか」

「こんな、とは？　最高の待遇を約束しただろう。足りなかったか？」

「そうではありません」

彼の言う通り、最高の待遇は契約の条件の一つだ。けれど、これはそういうことではない。

珠華はそれからしばらく、こんこんと白焔に言い聞かせた。

これから行動を起こそうというのに、目立ちすぎていること。後宮にいるほかの妃たちの心情を汲みとれていないこと。堂々と夜に部屋へ来るなんて論外だということ。

やってしまったものはどうしようもないが、少しでも気をつけてもらわなければ、依頼に差し障る。

　白焔は黙って珠華の話を聞き終わると、ふむ、とうなずいた。

「なるほど。すまぬ、あまり気が回っていなかった。……地位はそれなりに高いほうが動きやすいと思ったんだが」

　白焔に悪気はなさそうだった。

（考えてみれば、そうよね）

　女性に触れられず、後宮に立ち入ることもなかったであろう彼だ。勝手に送り込まれてきた妃たちにまで気が回らないのも、当然かもしれない。

「約束通りにしてくださったのには感謝します。とりあえず、明日からは文成様の意見も聞き入れて、もう少し配慮していただけると助かります」

　言い切ると、珠華は用意していたまじない道具に手をつけた。

「わかった。善処しよう。ところで、それが俺の呪いを解く道具なのだな」

「そうです」

　解呪にはあらかじめ用意しておいた生薬を使う。

　材料は棗《なつめ》や栗の実を殻や種子ごと、あと果樹の葉や花の根などだ。これらは特別に清められた土地でとれたものしか使えない上に旬の時期が限られ、高価なので入手が難しい。さらに、生米と炒り塩、味噌などを加え、すりつぶし、浄水を入れて混ぜる。

できた薬は、護符を燃やしてできた灰を溶かした水ですすいだ器へ。

材料からすると、さほどおかしな物は入っていないが、味は甘かったり塩辛かったり、渋みや苦み、灰の煙臭さなどで混沌としていて、非常に不味い。

「この薬はいわば、身体の浄化と解呪を願う神への捧げ物の意味があります」

珠華が手渡した薬を、白焔はひと息で飲み干して「うっ」と呻いた。

彼が口を押さえて悶えている間に、呪文を唱えれば今日の手順はひと通り終了となる。

「……これはなかなかつらいな」

「何度も言いますけど、不味いって言ってもらって構いませんよ」

「いや、しかしこれをこれから毎日か」

「はい。たぶん、ひと月くらいで呪いは完全に消えるはずです」

つまり、珠華も最低ひと月はここで暮らさなければならない。きっと過ぎてみればたいした期間ではないのだろうけれど、今日のような生活が続くと思うと憂鬱だ。

（でも、自分で決めたことだしね……）

珠華が道具を片付けていると、思案顔で寝台に腰かけている白焔に呼ばれた。

「珠華、ここに座れ」

白焔は子どものように、ぼすん、ぼすん、と寝台の自分の隣を叩いている。

ついに数々の無礼に対し、お叱りが飛んでくるのか。言われた通りに隣に座れば、今度は白焔の美貌がずい、と近づいてきて、思わず仰《の》け反った。

「な、なんですか」

「それだ」

「は？」

わけがわからず、首を傾げる。それとは、どれだろう。

「珠華、初めて会ったときにはもう少しこう、砕けた感じだったろう。どうして変える」

「……変えますよ。ここは後宮で、あなたは皇帝。私は市井出身の仮の妻です。当然のことでしょう？」

おまけに珠華は皆の嫌われ者だ。

いくら白焔が普通に接してくれても、珠華があまりにも大きな顔でいれば余計な波風を立てる。

かなり大きく予定は狂ってしまったが、珠華はなるべく穏便にこれからひと月、過ごすつもりだ。できる限りの揉め事は避けたいし、歴史上ではよくある、ほかの妃から毒を盛られて殺されるなんて展開も、遠慮したい。

しかし、そんな珠華が引いた一線を踏み越えるように、白焔は咎めた。

「そうだな。そなたの言うことはもっともだ。だが、それ以前に俺とそなたは協力者同士だ。違うか？」

「違いません、けど」

「目的のために周囲を騙す、共犯者でもある。信頼関係は必要だ。だからまず、仲間として普通に接してほしい」

そんな無茶な、と喉まで出かかった。

珠華は庶民だから、皇帝陛下との正しい接し方なんてものは知らない。でも、友人のように接するわけにいかないことくらいはわかる。

白焔の言うことは、わかりやすい。でも、彼の意図は初めて会った日からまったくわからない。翻弄されてしまう。

「今日のところは見逃すが、明日から俺のことは白焔と呼べ。大丈夫、俺は人を見る目にはかなり自信があるのでな。そなたならできる」

（いやいや、そんな勝手な）

どこから出てくる、その自信。

頭を抱える珠華をよそに、白焔は得意げな表情で寝台に寝転んだ。

「ほら、早くそなたも休め」

「同じ寝台で寝ろと？」

「俺は天下で一番、安全な男だぞ。何しろ、触れられないからな」

もう滅茶苦茶だ。

だんだんと自棄《やけ》になってきて、珠華は白焰から十分に距離をとって同じ寝台の上に横になった。

どうせ今後の人生、婚姻の予定も、誰かと交際する予定もない。別に男性と一夜を共にしようが、気にすることはないのだ。……どうせ。どうせ、自分の人生なんてそんなもの。

「明日から、頑張ってもらうぞ。珠華」

「わかっています」

灯りが消える。なんとなく空虚な思いを抱え、珠華は眠りについた。


翌朝、まだ日が昇らないうちに白焰は部屋から出ていった。

本当にただ、並んで寝ただけだった。まあ、実情がどうあれ、夜に皇帝の訪れがあったことには変わりはないが。

それから少し遅れて起きた珠華は朝食を済ませると、いよいよ怪事件の調査に乗り出した。朝の挨拶にきた文成が、白焰から事件の詳細と伝言を預かってきたのだ。

「なるほど、じゃあその、最初の被害者である妃から話を聞けということですね」

「ええ、そういうことになります」

文成は茶請けの干し棗を次々に頬張り、花茶を啜って、こっくりと首肯した。

後宮で相次ぐ、化け物の目撃情報。これをなんとかしろ、というのが依頼の内容だった。

怪事件といいつつ、基本的には目撃証言だけでほとんど害はないそうだが、国の中心である宮殿の敷地内、しかも非力な女性が集まる後宮が現場ということで、解決が急がれる。

最初の被害者は、何桃醂《かとうらん》という妃だ。

事前の情報によれば、彼女は皇后のすぐ下にあたる貴妃《きひ》、淑妃《しゆくひ》、徳妃《とくひ》、賢妃《けんひ》からなる四夫人（後宮での官位でいえば正一品）の中の徳妃の位を与えられている。皇后がおらず、妃嬪も七人しかいない現状では彼女が後宮の頂点だという。

実家の何家は、古くに公主も嫁いだとされる名家で、確か、貴族の中でも上から数えたほうが早いくらいの立派な家だったはずだ。

「すでに、陛下の命で先触れは出してありますので」

文成の言にうなずいた珠華だったが、ふと嫌なものを感じて眉をひそめる。

「文成様、ちょっと止まってください」

「え?」

干し棗の入った皿に伸ばされた手が止まる。

珠華は皿を掬うように取り上げ、卓上にひっくり返した。

「ああ、そんな」

悲壮な文成の声を無視し、手巾《しゅきん》を懐から取り出すと、散らばった棗の中から一つ、二つと直接触らないよう、手巾越しに摘まんだ。

(気の流れがおかしい)

微かだが、悪意や害意による気の澱みを感じる。

「もしや」

後ろから聞こえたサンの声に、珠華はゆっくりとうなずいた。そして見るからに落ち込んだ様子の文成の前に、手巾に包まれた棗を広げる。

「文成様。たぶんこれ、毒です」

「はっ?　まさか」

文成が驚くのも無理はない。

手巾の上のどの干し棗も、見かけはほかのものと同じ。口に含めば味に違和感はあるだろうけれど、毒が仕込まれているかどうかなど簡単にはわからない。

しかし毒を盛ればそこには必ず、盛った者の不自然な思念が混ざり込む。万物に流れる気を読むまじない師にしか、判別は難しい。

　説明すると、文成の顔色が紙のように白くなる。

「え、あの、もしかして今まで……」

　食べた干し棗の中に毒入りが交ざっていたのでは、と不安になったらしい。珠華は文成を安心させるため、首を左右に振った。

「大丈夫です。この毒入り棗、おそらくは皿の底近くに入っていたので。量も多くないですし」

「そ、そうですか……はあ」

　大きなため息とともに胸をなでおろす文成。けれど、さすが白焰の信の厚い宦官というべきか。すぐさま切り替え、姿勢を正す。

「この干し棗、尚食局《しょうしょくきょく》——現在は後宮の共用の厨房になっているところから持ってきたのですが、迂闊でした。申し訳ありません」

「いえ。でも、気づかず陛下が夜ここで口にされていたら、大変なことになっていましたね。どこで混入したか、調べたほうがいいかもしれません」

　共用の厨房にあったものでは、毒混入の原因を解明するのは難しいだろう。ゆえに、一応、となってしまうが。

（それにしても、本当にさっそく毒とは。……さすがに私を狙ったものとは考えたく

ないわね)

後宮の血なまぐさい争いに巻き込まれただけ、ということにしておきたい。

食事は花月宮の中の厨房を使って作っているから、ひとまず安心としても。来てすぐこれでは、先が思いやられる。

さて、毒の件については文成に調査を任せ、珠華は予定通りに行動を始める。居室で昼寝をしていたロウにはそのまま留守番を頼み、サンを伴って、何桃酥のもとを訪れた。

「いらっしゃい、お話は聞いているわ」

部屋で出迎えた桃酥は、全身から色気が滲み出る、たいそう美しい女性だった。

いでたちは艶やかだが、雰囲気はどちらかというと柔らかい。目は少し垂れていて、その瞳は優しげな色で珠華を見返している。

「お初にお目にかかります、何徳妃。珠華と申します」

「何桃酥ですわ。……さあ、どうぞお入りになって」

案内に従い、珠華は桃酥の部屋に足を踏み入れた。

さすが何家の姫というだけあって、部屋の内装も衣装も、珠華の部屋の何倍も凝っている。中でも、特に目を引くのが部屋中に飾られた燭台だ。

「すごい数の燭台ですね」

銅製や鉄製、陶製。動物や龍を模ったものや、朱色で美しく描かれた花模様のもの、一見、人形のように思えるものなど、複雑だったり、反対に単純だったりとさまざまで、どの燭台にも蠟燭《ろうそく》が立てられていた。

感嘆する珠華に、桃醂は恥ずかしそうに目を伏せる。

「ええ。わたくしは燭台が好きで、集めているの。収集癖、というのかしら。家族にも呆れられるほどで」

「そうなんですね」

珠華は特段驚くこともなく、相槌を打った。

こんなにたくさんの燭台を使ったら熱そうだし火事になりそうだが、そのあたりは気をつけているのだろう。

(まあ、それはいったん置いといて)

優れた家柄でこの美貌ならば、徳妃という地位にも納得だ。

けれども、今このとき、美しい妃の顔には隠し切れない翳《かげ》りが見られた。

「それにしても……あなた、とても珍しい容姿ね」

向かい合って椅子に座ると、さっそく桃醂が話を切り出した。

「……恐れ入ります」

「これまでは街で、まじない師をしていたのですってね」

桃酥の侍女が、丁寧な所作で高級そうな茶と小麦菓子を卓子に置く。

「はい。この後宮を騒がせる化け物をなんとかできないか、と陛下から相談を受けまして」

「それは、昨晩……陛下があなたのところへお渡りになられたときに？」

珠華はぐ、と息を呑んだ。

追及されるだろうとは、もちろん考えていたけれども。思ったよりも唐突で、しかも直球な問いだった。

咄嗟《とっさ》に言葉を失くした珠華に、桃酥は含みのない笑顔を向ける。

「ああ、勘違いしないで。わたくしは陛下の寵愛を得たいとは思っていないの。だからあなたにも、嫉妬しているということではないのよ。ただ、今朝はこの話題で持ち切りで。真実なのかしらって、気になっただけなのよ」

ほとんど無意識に、珠華は目の前の美女の顔に嘘の色がないかを探っていた。

嫉妬とはおそろしい。それはやがて、恨みや憎しみに変わり、人を衝動的に動かす。

「……陛下が私の部屋にいらっしゃったのは事実です。だからといって、何ということもないのですけれど。桃酥様は、では、ご実家の指示で後宮へ？」

注意深く桃酥の顔色を窺いながら、珠華は逆に質問する。

桃酥は、穏やかな笑みを浮かべたまま優雅に茶碗を傾け、喉を潤し、「ええ」とうなずいた。

「そうよ。父の命令でね。けれど、陛下はまるでわたくしたちに興味がなさそうだから、そのうち家に帰されるでしょうね。虚しいことですわ」

「………」

「そんなわたくしの寂しい心を慰めてくれていたのが、小白《シロちゃん》――わたくしの愛犬でしたの」

桃酥の目がじわりと潤み、形のいい鼻がほのかに赤くなる。

「……詳しく、事件のときのことを聞かせていただけますか」

珠華が促せば、最初の事件の概要が桃酥の口から紡ぎだされた。

「あれは、二十日ほど前の、ある眠れぬ夜のことでしたわ」

夜中に急に目がさえてしまった桃酥は自身の侍女を伴い、庭に出た。しばらくすると愛犬の小白も起きだして、二人と一匹で庭を散策していたという。

そんなとき、桃酥と侍女は近くでおそろしい、犬の遠吠えのような声を聞いた。比較的小柄な体軀《たいく》の小白の鳴き声とは違う、もっと低くて太い声だった。

しかしながら、この後宮に、桃酥以外に犬を飼っている者はいない。また宮中で飼われている犬にしろ、こんな夜更けに庭へ出しているとは考えられなかった。

「どう考えてもおかしい。不自然でした」

当時の様子を思い浮かべる桃酥は、震える手を握って話を続ける。

おそろしくなった桃酥と侍女はすぐにその場を離れ、屋内に戻ろうとした。けれども、なぜか小白が威嚇の唸り声を上げ、遠吠えが聞こえたほうへ駆けていってしまった。

もし、危険な獣がいたら、と桃酥と侍女は迷ったが、愛犬を放っておくわけにもいかない。二人はおそるおそる、小白の後を追った。

その先で目にしたのは。

「変わり果てた小白の姿でした。庭の砂利の上で、血が、腸《はらわた》が……」

「桃酥様。そこまでで」

おそらく、獣に食い荒らされた愛犬の亡骸があったのだろう。無理に説明させるのは、可哀想だ。

涙ぐんだ桃酥は小さく嗚咽《おえつ》を漏らした。

「……わたくしも侍女も、気が遠くなってしまって。小白を連れ帰れもせず、悲鳴を上げて逃げてしまいました。でも、身を翻す直前に見たのです」

――化け物の姿を。

桃酥の口から、奇怪な動物の特徴が語られる。珠華は注意深く最後まで耳を傾け、ふう、と息を吐いた。

「ありがとうございました。つらいことをお聞きして、申し訳ありません」

「いいえ。これで化け物を何とかしていただけるなら、小白も浮かばれますわ」

桃酥は貴族の姫君であるにもかかわらず、愛犬の仇をとってほしい、と珠華に頭を下げた。

美しく、身内思いの礼儀正しい妃。珠華は、こういう女性が皇后になるのが理想だろうな、と思いながら「かしこまりました」と了承する。

「ありがとう。お互い立場に違いはあれど、わたくし、あなたとならいい関係を築けそう」

「光栄です」

その後、いくつかたわいのない世間話をし、珠華たちは桃酥の宮をあとにした。

花月宮へと来た道を戻りつつ、考える。

(桃酥様の話から、おおよそ化け物の正体は見当がつくわね)

今回の事件、愛犬を失った桃酥の被害が一番大きい。しかし、化け物を目にしたという者はほかにも何人かいたはずだ。

「サン。ここ二十日ほどの間の、化け物を見たという証言をできるだけ集めてくれる？」

「はい。ただちに」

恭しく礼をしたサンと別れ、途中で文成と合流し、花月宮へと戻ってきた。

回廊を歩いていると、ひょこひょこと近づいてきた文成が訊ねてくる。

「婕妤。いい話は聞けましたか？」

「ええ。思ったより、早く片が付きそうな予感がします。……毒については？」

「とりあえず調査の算段はつきました。ただ、時間がかかりそうですね」

あの毒入り棗の件も含め、気になることは、いくつかある。

だが、珠華の役目は化け物をなんとかすることと、白焰のまじないを解くことだ。

身を守るのは当然で、余計なことに首を突っ込むつもりはない。

とはいえ、これだけは聞いておきたい。

「ねえ、文成様。どうして今回の……ああ、毒ではなく怪事件についてですけれど、宮廷神官や巫女が対処しないいんですか？」

ずっと疑問だった。

まじないや妖《あやかし》、そういう霊的な分野は本来、宮廷に仕える神官や巫女の仕事になる。

今回のことも、目撃者ははっきりと「化け物」と口にしているので、彼らが出てこないのはおかしい。

珠華の問いに、文成は歯切れ悪く答える。

「あー、後宮と宮廷神官や巫女たちは昔から、折り合いが良くないのです。理由は……話せば長くなるので、割愛しますが」

「へえ……」

どんな事情か知らないが、そんなことがあるのか。

珠華がなるほど、と口の中で呟いた――そのときだった。

「え……」

ぱしゃん。

水が、回廊の床を打つ。

一瞬何が起きたか、わからなかった。気づいたときには、全身が冷たい水に濡れていた。

(何？　なんで)

「婕妤！」

なぜか焦ったような文成の声と、何か、桶のようなものが地面に落ちる、からん、という音。それに交じって、甲高い女の罵声が聞こえてくる。

「ざまあみろ、この卑しい化け物女！　気色悪いのよ！」

声のした方向へ、ゆっくりと視線を向ける。しかし、そこには女官服をまとった背中が駆けていく姿があるのみだ。

「待て！」

文成の制止も虚しく、女の軽い足音はそのまま遠ざかっていった。

水をかけられたのだ、とようやく理解した途端、寒気が襲ってきて軽く身震いする。

「平気ですか、婕妤」

「あ、ええ……はい」

ここまでくると、唖然としてしまう。

いくら気に入らないからといって、突然、人に水をかける輩がいるなんて信じられない。あまりにも野蛮すぎる。

ぽたり、と髪から落ちた雫が冷たい。

「……後宮こそ、悪鬼の巣窟ね」

そして、その悪鬼たちから「化け物」と誹《そし》られる珠華は、きっとこの中で最も歪《いびつ》で、醜い存在なのだ。


いろいろとあったせいで、まだ二日目なのに、さすがにどっと疲れてしまった。よって、珠華は残りの半日を、ひたすら居室でぼんやり過ごした。

膝の上でだらりと寝転がる、ロウのふかふかの身体を撫でる。すると、何度目か知れない大きなため息が飛び出した。

「ここのいいところは、何もしなくても生活できることね」

黙っていてもサンや文成が代わりに働いてくれる。

庶民の暮らしではこうはいかない。どんなに嫌な出来事が起こって塞ぎ込もうと、誰も面倒は見てくれないから、自分で支度をしなければ食事さえできない。

逆に何か仕事があれば気もまぎれるが、ここでは際限なく溜め込んでしまう。

胸が重たくて、病気になりそうだ。

「……不健全よ」

「何がだ」

独り言のはずが、なぜか答えが返ってきたので、珠華は驚いて部屋の戸口を振り返った。

扉を開け、立っていたのは白焰だった。

彼の背後から見える外はもう真っ暗で、どうやらかなり時間が経っていたらしい。

「ごめんなさい。出迎えもしなくて」

椅子から立ち上がると、ロウは膝から飛び降りてどこかへ隠れてしまう。

「その、なんだ……二日目にして、毒だの水をかけられるだの、災難だったな」

「…………」

「珠華、怒っているか？」

どこか気まずそうに、目を泳がせつつ白焔が問うてきた。

何が、と言いかけて、自分がこんなことになっている責任の一端はこの男にあるのに思い当たる。

けれど、珠華は首を横に振った。

「いいえ。怒ってはいません」

ただ、うんざりしているだけ。

目を逸らし、身を翻して卓子に向かう。愛用のまじない道具たちに触れると、ひんやり冷たかった。

人の感情は、ときにどんな悪い妖よりもおそろしい。

どんなに固く心を閉ざし、己を守ろうとしても、誰かから放たれた悪意は簡単に入り込んで、刃を突き立ててくる。

たとえば、珠華はたまに人から、こう評される。表情が変わらなくて何を考えているかわからない、と。きっと、その言葉に他意はないのだろう。

（でも、だったら）

いちいち傷ついたと涙を流せば、誰か珠華の気持ちを思いやってくれるのか。

どうして私ばかりと憤れば、この髪や瞳を不気味と思わなくなるのか。

「珠華」

血管が透けて見えそうな珠華の白い手に、白焔の大きな手が重なった。

――じんましんは。

と思ったけれど、どうやら今も珠華が念のため身に着けている御守りの効果が、まだ続いているようだ。中身は減ってしまっても、やはり出来のいいまじない除けは効き目の高さが違う。

現実から逃れようとする珠華の思考を、白焔の低い声が引き留めた。

「俺の名を呼べ、珠華」

「……白焔、様」

「そうだ。俺の名は劉白焔だ。だが、その名を呼ぶ者はほぼいない」

はっとして振り向くと、強い光を宿した翠の瞳がこちらを見下ろしていた。

「皆、俺のことは陛下と呼ぶ。玉座に就く前は皇子と呼ばれた。……多くは、俺を白焔として見ない。大事なのは皇帝という存在、文武両道で頭の切れる麗しい皇帝陛下だ。俺が本当はどんな人間かなど、関係ない」

「…………」

「外見や生まれで、ああだこうだと言ってくる連中など気にするな。この状況を招いた俺が言えることではないかもしれないが」

珠華はここでやっと、白焔に励まされているらしいことに気づいた。

次いで、ついつい噴き出してしまった。

「今のは、笑うところか？」

「だって、文武両道で頭の切れる麗しい皇帝陛下って……自分で言うことじゃないわ」

「別にいいだろう、本当のことだしな。ほら、存分に俺の美貌を眺めて、心を慰めるがいい」

「ふっ……ふふふ、あははは」

すごい自信だ。でも、世間での白焔の評判は実際にその通りだし、むしろ下手に謙遜するより頼もしく感じる。

鏡に映った自分の顔は、好きではない。老婆のように真っ白な髪も、血のように赤い瞳も。

自分だって気持ちが悪いと思うことがあるし、そのくせ他人に好かれようと思うほうが間違っているのかもしれない。

けれど、こんな珠華とも普通に接してくれる人は何人もいる。

「ありがとう、白焔様。だったら、私は協力者として名で呼ばせてもらいます」

「そうしてくれ」

笑いすぎて滲んだ涙を拭い、珠華は昨晩と同じ解呪の薬を手渡した。

白焔は嫌そうに顔をしかめ、薬を一気に飲み干す。その隙に呪文を唱え終えると、白焔は用意してあった口直しの水をこれまた一気に飲んだ。

「はあ、まだ先が長いな」

受け取った空の器を、水を張った桶に浸し、苦笑する。

「仕方ありません。良薬は口に苦し、ですから。……それで、今日のことですけれど」

一日の成果は、ちゃんとその日のうちに報告することになっている。

珠華が切り出すと、白焔は瞬時に皇帝の顔になった。

「どうだった」

「何徳妃から、話を聞きました。その内容が本当だとするならば、心当たりはひとつしかありません」

桃醂は語った。

彼女が見た化け物は——牛に似た大きな身体に、針のごとき尖った体毛を持ち、犬の声で鳴く、と。その目で、耳で、確かに見て聞いた、と。

その特徴に合致するのは。

「窮奇《きゅうき》、という妖です。伝承にぴったり一致するものがあります」

「ほう」

比較的、著名な妖だ。昔から多くの伝承が残され、さまざまな文献に記述がある。

ところが、腑に落ちない点もいくつかあった。

窮奇は山に棲む妖だ。さらに、人を食う妖だが一説には、むやみに害をもたらす存在ではないとされる。

少なくともこんな城市の真ん中に出てきて飼い犬を食い散らす、なんて話は聞いたことがない。

そう説明すると、白焔も腕を組んで考え込む。

「そもそも、この武陽という地は、女神の——星姫娘々の守りが働いていますから、妖の類が迷い込むことなんてまずありえないんです。しかも、宮廷神官たちのいる宮中に、気取られず、なんて」

「つまり、その窮奇とやらを何者かが招き入れたというわけか」

珠華はゆっくりと首を縦に振る。それしか考えられない。

「ともかく、危険ですが捕まえるなり武陽の外まで追い払うなり、対処は必要です。明日からは探しに行ってみようと思います」

「ああ、頼む」

話がついたところで、二人はどちらからともなく同じ寝台に寝転がったのだった。

＊　＊　＊

次の日、珠華は今度こそ、すっかり参ってしまった。

「どうしよう……」

花月宮の居室で珠華と文成が頭を抱え、それを女官姿のサンと、猫の姿のロウが静かに見守っている。

今朝にはもうすっかり、珠華は彗星の如く現れた皇帝の寵妃という扱いになっていた。

それはもちろん、予想通りではあったのだが、もはや穏やかな生活とは無縁になってしまったのだ。

部屋を出れば、水をかけられるどころではなく、硬い陶製の器や鉢が飛んできたり、回廊に尖った何かの破片が敷き詰められていたりする。なんとかその難を逃れても、今度は毒虫のついた花や、明らかに怪しげな菓子や酒、茶葉などが部屋に送られてくる。

無論、送り主は不明。

調査は可能だろうけれど、次から次へときりがなく、ただでさえ使える人手の少ない珠華たちにはお手上げ状態。しかも特定したところで、仕返しできるわけでもない。

とてもではないが、出歩くことなどできない。

「婕妤、あなたは部屋にいてください。下手に動き回るのは危険です。事件の調査は自分や、式神のお二人に任せてくだされればいいでしょう」

文成の言葉に、サンもロウも、うんうんとうなずく。

「珠華さま。わたし、昨日ちゃんとほかの女官たちと打ち解けられました。情報収集はお任せください」

「おれもー。今日から本気出す」

式神たちのやる気はうれしいが、こんなことで大丈夫だろうか。

不安でいっぱいだ。

「珠華さま、心配いりません。情報はちゃんと集まっていますから」

珠華は目を瞬かせて、美しく笑うサンを見た。

「そうなの？」

「はい。昨日は珠華さまに毒を盛ったり、水をかけたりするなんて蛮行に出る不届き者がいて、お話しできなかったのですが」

「なんだか顔が怖いわよ、サン……」

今にも後宮の女たちに襲いかかってとり殺してしまいそうな、物騒な雰囲気だ。

ロウも、目を細めて爪を出したり引っ込めたりしている。

「当たり前です。珠華さまはわたしたちの生みの親。珠華さまが悲しんでいたら、わたしたちも悲しいのですから」

式神たちにも心はある。けれど、彼らは彼らの意思で、何があっても珠華の味方でいてくれる。こんなに頼もしいことはない。

「ありがとう。――それで、集まった情報って？」

「化け物を見た、という証言をいくつか得られました。ですが、どれもあまりはっきりとしたものではなかったようです。犬のような唸り声や遠吠えが聞こえるのは、どうやら共通しているのですけれど」

姿を見た者はごく少数で、見た者もどんな特徴だったかまではわからない。大きな犬だったという者もいれば、言われてみると牛に似た姿だったかもしれないという者もいる。

「あと、何徳妃が飼っていた小白という犬は小さな体軀で、黒くて光沢のある毛並みだったそうです」

「なんで黒い犬に白」

つい突っ込んでしまったが、これは特に重要な情報ではないだろう。

ともあれ、以上がサンの集めてきた情報だった。

（やっぱり、桃酥様の事件が最もはっきりしていて被害が大きかったのね）

となると、彼女の証言を信じるしかない。桃酥と彼女の侍女の二人だけが証人では心許ないが、これればかりは仕方ない。

「とりあえず、後宮に入り込んでいるのは窮奇、ということにして対処しましょう」

あとは実際に化け物を発見してから、臨機応変に対応するほかない。

文成が難しい顔で、懲りずに干し葡萄《ぶどう》を口の中へ放りながら首を傾げた。

「問題はいつ、その妖退治に出かけるか、ですね」

「夜に行くしかないですね。夜ならそうそう出歩く人もいませんし、妖も姿を現しやすいので」

そこで、ああ、と珠華は額に手をやった。

今のこの状況では機会は夜しかない。しかし、夜には白焔がやってくる。

白焔は、夜の訪れをやめる気はないようだった。別に夜でなくても、と言ってはみたものの、もうお渡りしてしまった事実は変えられないのだから、なんて反論されると、強く言い返せない。

（だいたいあの人、相手に何かを断られるなんて、想像もしていなそうよね）

なにせ、あの吃驚《びっくり》するほどの自信家である。

（今夜は来ないで、なんて言っても無駄だろうし……）

けれど、さすがに皇帝陛下を寝室で待ちぼうけさせるわけにはいかない。

よって伝言を引き受けてくれた文成を白焔の許《もと》へ送り込み、待つこと数刻。

「俺も行く」

日が暮れて、いつもより早い時間に花月宮の居室のほうへ顔を出した彼の、第一声がこれである。

ちょうど食事どきだったため、珠華はうっかり羹《あつもの》の入った椀をひっくり返しそうになった。

「馬鹿を言わないでください。危ないんですよ？」

「舐めてもらっては困る。これでも剣の腕前は将軍に匹敵すると、当の将軍たちからのお墨付きだ。そう危ないことなどないぞ」

「いやいやいや」

どんなに強かろうと、皇帝陛下を危険にさらすのはありえない。

今はその、嫌みのない自信が恨めしい。

「言っただろう？」

少し、怒ったように白焔は珠華をじっと見る。

「俺たちの間に遠慮はなしだ。協力者なのだから、俺のことも戦力に入れてくれ」

「でも……」

いいのだろうか。いや、いいはずがない。

とはいえ、珠華からいっさい視線をそらさない白焔は、まったく折れる気がなさそうだった。

助け舟を出してくれないかと文成のほうを見ると、頼りになるのかならないのかわからない宦官は、ロウを構って遊んでいた。使えない。

「珠華、いいだろう？」

「……わかりました。でも、何かあっても責任はとりませんからね」

こうして結局、皇帝同伴で妖退治に行くことになってしまったのだった。


夜が更けるのを待ち、珠華は用心棒としてロウを連れ、花月宮を抜け出した。もちろん、立派な大刀を佩《は》いた白焔も後ろをついてくる。

花月宮の留守はサンと、荒事は苦手だと言う文成に任せた。

「ご主人様。向こうから、なんだか妖っぽい気配がするー」

珠華の腕の中にすっぽりと納まったロウが、桃醂の住まいの方角を前脚で指し示す。

白焔はそのロウに興味津々な様子だ。

「本当に猫がしゃべるのだな。不思議だ」

「おれ、ただの猫じゃないし」

「ほう。珠華はお前を用心棒と言っていたが、戦えるのか？」

「戦える！」

侮《あなど》られたと思ったのか、しゃー！　とロウは白焔を威嚇する。

人の隣と腕の中で喧嘩をしないでほしい。

そのままロウの勘を頼りに進んで、一行は桃醂の住まいの近くまでやってきた。

「ロウ、この辺りなの？」

「うん」

胸元の小さな頭がこっくり上下するが、今のところはまだ何もいない。

式神の察知能力は信頼できるので、確かに付近に目的の妖はいるのだろうが、姿を現さないならばどうしようもない。

「何もいないな」

「少し、待ちましょう」

珠華も白焔も面倒ごとを避けるため、せめて顔を隠せるようにと、頭から大きな布を被ってきたが、寒さ除けにもなってよかった。さほど冷え込む時期でもないが、風が吹くとやや寒い。

どれくらい待っただろう。

ふいに、静かな夜の空気を引き裂くような、遠吠えが聞こえた。

「来たか?」

「はい。たぶん」

こういった妖退治の経験は何回かあるけれど、この緊張感には慣れない。

珠華はごくりと喉を鳴らし、抱えていたロウを地面におろした。

「!」

ロウが土の上に着地するのと、低い唸り声が迫って聞こえたのは同時だった。

振り返れば、何か大きな獣がはっきりとこちらを睨んでいる。

闇にまぎれて見えづらいけれど、頭の形から大きさ、身体の特徴は確かに牛に似ている。

異様なのは、その身体にまるで剣山のような毛がびっしりと生えていること、瞳は不気味に光り、唸り声が犬にそっくりなことだ。

(やっぱり、窮奇!)

もはや、疑う余地はない。

「白焔様、ロウ。時間を稼いでください」

窮奇に有効な呪文を唱えるのには、時間を要する。

「了解した」

白焔が答えた瞬間、窮奇が地面を蹴って突進してきた。

牛の体軀であるこの妖の突進を正面から受ければ、受け止めきれずに吹き飛ばされてしまう。人間など彼らにとっては障害物にもならないし、むしろ、格好の獲物だ。

白焰は大刀を抜き放ち、最初の突進を身軽に躱《かわ》す。

(すごい。さすがに身のこなしが軽やかね)

今、窮奇の目には白焰とロウが映っている。

珠華は感心しながらも、その隙に呪文を詠唱する態勢になった。

「――謹んで神々に願い申し上げる」

唱えるのは、神の力を借りるための上奏文、というものだ。神々にこうして言葉を捧げ、力を貸してもらえるように願う。

「我は天地の師なり、風雨の如く速やかに悪鬼を駆逐す……」

呪文を唱えている間、どうしても術者は無防備になる。しかし焦ってはいけない。言い間違えれば、効果は弱まってしまうから。

珠華は焦燥を抑え、正確に、できるだけ素早く詠唱を続ける。

「我、左手に青龍を執り、右手は白虎に拠る。胸前に朱雀有り、背上に玄武有り」

目の前では白焰とロウが窮奇の気を引いている。

窮奇は人食いだ。どうして今まで後宮の人間に被害が出なかったのかはわからないが、挑発すれば当然、四肢を食いちぎられ、次の瞬間には腹の中。

通常の牛には見られない剝き出しの発達した牙を、白焔が大刀で受け止める。

(すごい力。あれを止めるなんて)

人の膂力《りょりょく》では、窮奇の力に耐えるのは難しいはずなのに。

けれども、すぐさま分が悪いと考えたのか、白焔はひらりと見事に横に避けた。そこへロウが飛びかかり、爪で窮奇の鼻面を引っ搔く。

「ご主人様、ちょっとだけ人型になってもいい？」

さすがに、ロウも小さな猫の姿では厳しくなってきたようだ。

珠華は詠唱を止めずに、うなずいて返す。

「よし」

ロウのその声と同時に、猫の身体は煙のように形を崩し、再構築されていく。

現れたのは、十代前半くらいの少年だ。

わずかに青みがかった黒髪を馬の尻尾のように結い、手には小柄な身体に不釣り合いな長い棍《こん》を握っている。

「これでおれも、ちゃんと戦えるー」

猫のような間延びした口調はそのままに、ロウは自分の背丈よりも長い棍を軽々と構える。

それを見た白焔が、人食い妖を相手にしているというのに、余裕の笑みで「俺も負けられぬな」と呟いた。

「……姦邪《かんじゃ》の鬼、妖魅・耗乱《こうらん》の鬼を収捕す」

呪文も終わりが見えてきた。

窮奇は全力の突進をことごとく躱され、そろそろ疲労からか動きが鈍ってきている。わずかに体勢を崩したところで、ロウの棍が窮奇の脳天を叩き、白焔の大刀が脚を切り裂いた。

夜の後宮に、獣の雄叫びが響く。

このままでは、誰かが騒ぎを聞きつけてここへやってくるかもしれない。

(さっさと片を付けないと)

痛みから逆上した窮奇が、白焔に飛びかかった。

「──今、奏を以て天師に至り、神呪を下す。急急如律令《きゅうきゅうにょりつりょう》!」

呪文が終わった瞬間、ずん、と腹の底に響く大きな衝撃が、一帯に広がる。白焔に飛びかかった大牛の妖は、彼の目の前で泡を吹き、地に伏していた。

(間に合った……)

珠華はどっと押し寄せる疲労感に、脱力する。

「妖相手は、人を相手にするのとはまた勝手が違うな」

さすがの自信家も肝を冷やしたらしく、安堵のため息を漏らした。

「ご主人様ー。おれ、どうだった？　役に立った？」

「ええ。ありがとう、ロウ」

えへへ、と棍を抱えてはにかむ式神の頭を撫でる。

窮奇は完全に失神していた。呪文の効き具合にもよるが、このまま焼いてしまうのが一番の退治法だ。

「あとはこちらで引き受けよう。さすがに事後処理くらいは神官どもに働いてもらわねばな」

こういうとき、皇帝が味方なのは心強い。珠華は大人しく白焔に任せることにした。

もう、夜明けが近い。

三人は疲れ切った身体を引き摺って、花月宮へと戻った。

＊＊＊

窮奇を討伐した日の午後。

午前のうちにたっぷりと休み、なんとか回復した珠華は、サンと文成を伴って再び桃醂の許を訪れた。

「後宮にいた妖、退治されたのですってね」

「はい。さすが、情報が早いのですね」

珠華は桃醂の手腕に舌を巻いた。

後宮にいた窮奇について、まだ詳しいことは何も公表されていない。それなのにすでに知っているとは、恐れ入る。

桃醂は「そんなこと」と悲しげに眉を下げ、笑った。

「愛犬の仇のことですもの。注意していて当たり前でしょう？」

はい、とも、いいえ、とも答えられず、珠華は黙り込んだ。

「あなたが仇をとってくれたのでしょう。感謝します」

「いえ。それくらいは……本職ですから」

「まじない師よね。いいわね、できることがたくさんありそうだもの」

貴族の姫君に羨まれるような職業ではない。

まじない師なんて、インチキだと言われることのほうが多い。使っている技は宮廷神官や巫女と同じなのに、まじない師は信用できないと。

それは、身分が違うから。宮廷に仕えることができるのは貴族や裕福な家の出の者で、下町のまじない師はどこの馬の骨ともわからないからだ。

珠華の苦い気持ちなど気にも留めない様子で、桃醂は無邪気に提案する。

「ね、またこうしてお話しましょう。ここだと、お友だちと話すくらいしか楽しみがないの。詩を詠むのも、楽器を奏でるのも、書物を読むのも飽きてしまって」

「え……」

「お友だちになってちょうだい。話し相手になってくれたら、もっとうれしいわ」

いやだ、とは言えない空気だ。

そばに控えている桃醂の侍女はまさか断らないだろうな、と薄《うっす》ら睨んでくるし、同じく珠華のそばに控えている文成も、目で何かを訴えてきている。

(何が言いたいのか、まったくわからない)

これは、歴史上でもよく後宮の妃嬪たちが用いる、駆け引きというものだろうか。

――友だち。

この単語に心惹かれないわけではない。

珠華が友人と呼べるのは、あのちゃらんぽらんの幼馴染くらいである。しかし、この後宮で友人を作るのは、あまり気が進まない。

是か否か。どちらが正解なのか。

(後宮の作法なんて、知ったこっちゃないのよ!)

こちとら、ひと月でいなくなる身なのだ。もう、どうにでもなれ。

「……ええと、はい。よろしくお願いします」

口端を無理やり持ち上げて笑みのようなものを作り、珠華は答えた。

決して、決して、友人という言葉に惑わされたわけではない。

(敵に思われるよりはいいわよ。……ね)

だいたい、珠華と桃醂との関係に名前がついたとして、それが友人だろうが敵だろうが、互いに互いの腹を見せないのは変わらない。少なくとも、珠華は桃醂に心を許す気はさらさらないのだ。

だったら、どっちだって同じ。強いていえば、友人、ということにしておいて、敵意がないことを示しておくほうがいい。

珠華の返答に、桃醂は瞳を宝石のごとく輝かせて身を乗り出した。

「本当に？　うれしい。たくさんお話しましょうね。あ、そうだわ」

「？」

「お友だちになってくれたお礼に、いいことを教えてあげましょう」

桃醂は一拍置き、声を低めて囁いた。

「――呂明薔《ろめいしょう》には気をつけて」

桃醂の言っていた呂明薔という姫君が、初日に珠華を鋭い視線で睨んでいた少女であることは、すぐに調べがついた。

というか、すでにサンが調査済みで、文成も知っていた。

「呂家は代々、皇族である劉一族に忠実に仕えている家です」

花月宮に戻り、珠華、サン、猫に戻ったロウ、文成で卓子を囲み、情報交換が行われた。

文成の説明を聞きながら、自家製の薬草茶を飲むと、珠華はほっとひと息つく。

「家臣、ということですね」

呂明薔は、後宮において正一品の四夫人の一つ下の官位である九嬪、その中の昭儀《しょうぎ》の位にある。その地位は現状、桃醂に次いで二番目に高い。

そして彼女の実家、呂家は貴族だが、基本的には国家ではなく劉一族に仕え、世話係のようにして付き従っているという。

明薔も、幼い頃から白焔やほかの皇族の子どもたちと兄弟のように育ったらしい。

「おそらく、ですが」

相変わらず、干した果物の類を休みなく摘まみ、文成が言う。

「呂家の忠誠心は相当なものです。明薔妃にしても、陛下が一向に女性に興味を示さないことを心配して後宮に入れたのだと思います。政略云々ではなく」

「なるほど」

あの視線を思い出すと、ぞっとする。

明薔が白焔に対し何か、並々ならぬ思い入れがあるのは間違いないだろう。桃酥もそれを知っているから、珠華に警告したのだろうと思う。

依頼をひとつ達成したはずなのに、どこかすっきりとしない。

「とにかく、警戒しておくに越したことはないですね。……窮奇を後宮に招き入れた犯人も、見つかっていないし」

珠華の言葉に、一同の間を「面倒な」という空気が流れる。

窮奇を倒したから、はい、おしまい、とはならない。黒幕を捕まえないことには、同じことが繰り返されてしまう。

正直、黒幕捜しは珠華の仕事ではない気がするが、仕方ない。すべて解決しなければ家には帰れないし、そうでなくとも白焔にかけられた呪詛を解くのにまだ時間がかかる。

さらに、明薔が何かをしてくるかもしれないと思うと、とても気が休まらない。

「皆さん！」

突然、声を張り上げた文成に視線が集まる。

「ここで暗い顔を突き合わせていても、何も生まれません。今夜くらいは窮奇を倒した記念に祝杯をあげましょう！」

解決には程遠い状態で祝杯。気は進まないが、士気を高めるためにもいいかもしれない。

珠華は、文成の提案に同意する。

「いいですね。やりましょう。……サン、ロウ。あなたたちも頑張ってくれたもの。食べたい物があったら言って。文成様が用意してくださるわよ」

「わたしは、美味しいお米の料理が食べたいです」

「おれ、魚！　魚食べたい！」

遠慮なく注文する式神たち。彼らもよい働きをしたし、このくらいはいいだろう。

至急、宴会に必要なものを手配しに飛び出していった文成を見送る。

（まだまだ、やることがたくさんね）

まあ、だとしても今晩くらいは忘れてもいいかもしれない。

その後、白焔も招き、宴は夜更けまで続いた。

三　まじない師は女の戦いに参戦する

陵国の若き皇帝、劉白焔は花月宮の寝室で目を覚ました。

室内はまだ暗い。夜明けまでしばらくありそうだ。

(おかしな時間に目を覚ましたな……)

昨晩は遅くまで宴会が続いた。

窮奇を討伐した記念だということで、気弱そうに見えて意外と図太く、押しが強い文成に誘われ、白焔も参加することになったのだが。

案外、悪くなかった。

貴族たちを集めて行われる酒宴などより、ずっと。

寝台の上でゆっくりと身体を捻ると、隣では少女が真っ直ぐな姿勢で寝息を立てている。

彼女が目を覚まさないのをいいことに、上から見下ろす形で、まじまじと観察した。

(本当に、神が作った芸術品のようだ)

豊かに流れる、煌びやかな白髪。

今は瞼《まぶた》の下に隠れた、真紅の瞳。

貴族の姫君にも負けないほど、美しく整った顔立ち。

（……雪を纏った天女かと思った）

初めて、燕雲の店で彼女──珠華に会ったときから、何度見ても飽きない。神秘的で、魅力的。彼女のことを気味が悪いという者がいるのが、不思議でならなかった。

きっと世の中は、美的感覚の鈍い者ばかりなのだ。

（そのせいでずっと、苦労しているのだな）

珠華が後宮に入ってから数日、毎日隣で眠っているけれど、こんなにゆっくりと彼女を眺めたことはない。白焰が目覚めると、必ず珠華も目を覚ます。それだけ、他人を信用していないのだろう。

昨晩は、少し気が緩んだのか酒を口にしていた。そうでもなければ彼女には安眠すら訪れない。

同情も、おそらくある。

それでも、傷の舐めあいだったとしても……この数日間、彼女と一緒にいるのは楽しかった。知らず知らず、心を沸き立たせている自分がいる。

かけられた呪詛さえ解ければ、晴れて白焰は皇后を選び、迎えることができる。

白焰は女性嫌いなわけではないので、このじんましんの呪いが解ける日のことを、以前は常に夢見ていた。

（しかし今は……）

珠華が後宮を去り、皇后と寄り添うことになったとして。そのとき、自分は今よりも充実した時間を過ごせるのだろうか、と疑問に思う。

考えても詮ないことと、わかっていても。

（皇后にするなら、四王家出身の娘とまではいかなくとも……なるべく良い家柄の者でなければ皆、納得しないだろうな）

珠華がここを去るときにはもう、呪詛は解けているはずだ。誰がかけたのか知らないが、また同じことが起きないうちに、早急に皇后を迎えるという話になるだろう。

だから、今からでも候補を絞っておかなければならない。

息苦しくなるような重たい気持ちに蓋をして、白焰は寝台を抜け出したのだった。

＊　＊　＊

後宮にやってきて半月が経った。

思ったよりも時間が経つのは早いが、万事順調とはいいがたい日々だ。

「今日は、とてもいい天気ね」

隣を歩く桃酥が機嫌よさそうに言う。

彼女の言う通り、春の日差しは暖かく、春の庭園はぼんやりと散策しているだけでも気持ちがいい。

「そうですね。お昼寝でもしたら、きっと最高でしょう」

「お昼寝、いいわね。気持ちよくて、うっかり寝過ごしてしまいそう」

何桃酥とは、約束した通り、友人として毎日のように顔を合わせていた。

最初こそ緊張しっぱなしだったけれど、なんということはない。茶を飲み、菓子を摘まみながら話したり、今日のように一緒に散歩をしたりする。また、互いの部屋を訪れて食事し、あるいは芸事を楽しむ。

相手は貴族なので規模に驚きこそすれ、まあ想像の範囲内だった。

ただ、そんな穏やかな時間が流れる一方で、残念ながら窮奇を招き入れた黒幕については、まったくの手がかりなし。毒入り棗の原因もわからないまま。

白焔の呪詛が解けるまでにすべてを解決したいならば、ぐずぐずしていられない。

あと半月。

後宮の女たちの嫉妬にさらされ、あまり自由もない珠華の焦りはますます募る。

早く何もかも解決して、普通の暮らしに戻りたいのに。

「はあ……」

「まあ、大きなため息ね」

くすくす、と桃醂に笑われてしまう。

こうして彼女と付き合ってみてわかったが、何桃醂という人は、おおらかで懐が深い性質だった。

庶民が無礼を働くことは許さぬ、という自尊心ばかり高い一般的な貴族であれば、今の珠華の大きなため息でさえ咎めそうだが、彼女はまったく目くじらを立てない。

「私はこんなですから、いろいろと気がかりがあるのです」

「……呂明薔や、ほかの者たちとのことですわね。ごめんなさいね、あまり力になれなくて」

「ああ、いえ、お気になさらず」

春の穏やかでうららかな庭園に、微妙な空気が流れる。

そう、窮奇の件が進展しないのも憂鬱の理由ではあるのだが、その調査が遅々として進まない原因である呂明薔の存在も、大きな懸案事項だった。

最初は桃醂と過ごすようになって、彼女の庇護下にあると思われれば嫌がらせの類も減るかと少し打算的なことも考えていたのだが、現実には余計に悪化してしまった。

(予想より、呂明薔は後宮で顔が利くのよね……)

さすがに幼い頃より宮殿を出入りしていただけあって、案外、彼女の味方をする者は多い。おそらくだけれど、関係者の間では明薔が皇后になるのは当然だと、暗に承知されていたのだろう。

　昔から皇族たちとのかかわりが深ければ、不思議はない。皇帝だって気心の知れた女性にそばにいてほしいだろうし、実際に、今までも呂家から後宮に入った娘はかなりいると聞く。

　そういうわけで、実家の家格では桃醂のほうが上なのだが、明薔は簡単に引いてくれる相手ではなかった。

「あら、噂をすれば、よ」

　桃醂が微かに顔をしかめて見遣った視線を追えば、多くの侍女を伴った明薔が近づいてくるところだった。

「……げ」

「あら……せっかくの綺麗なお庭が台無しになってしまったわ。鬼に魅入られた化け物がこんな昼間からうろついているなんて」

　困った、というように眉を八の字にし、重たく悲しげな息を吐く。いかにも同情を誘う態度だけれど、彼女の目は実に雄弁だ。汚らわしいものに遭遇してしまったと。

　明薔は美しい姫君である。

　色気を滲ませつつ、おっとりと柔らかな印象の桃醂とは対照的……といえばいいのだろうか。明薔は凜とした美貌を持ち、洗練された物腰には圧倒される。

確かに、その立ち振る舞いは皇帝の妃に相応しいと思わせる気品に溢れていた。

だがしかし。彼女の本性が見た目の印象とはかけ離れていることを、すでに珠華は知っている。

「呂昭儀。ご機嫌麗しゅう」

「ええ、さっきまではね？　鬼怪小姐《おばけさん》」

表情はにっこりと、しかし皮肉たっぷりに珠華を呼ぶ。

鬼怪《ばけもの》というあだ名はもちろん、小姐《おじょうさん》、なんて育ちの良い娘相手のような敬称をわざわざ使うあたり、これ以上に嫌みな呼び方はないだろう。

できるだけ波風を立てないよう、珠華は軽く頭を下げる。

「それは失礼いたしました」

「本当にね。何徳妃も、このような者に肩入れなさっては、品位を疑われてしまいますわ」

明薔の忠告めいた言葉に、桃醂は色香漂う鷹揚な笑みを返した。

「お気遣い感謝いたします。これでもちゃんと己の眼で友人は選んでおりますのよ？」

「あら。でしたら、審美眼をもう少し磨くことをお勧めいたします」

「検討いたしますわ」

ばちばちと、二人の間で火花が散る。

二人ともそう強い語調ではないのに、しっかりと口喧嘩していることが伝わってくるのは、さすがに貴族の姫君と言わざるをえない。

傍観気味にそんなことを考えていれば、明薔の矛先は再び珠華のほうを向いた。

「鬼怪小姐。そういえばわたくし、あなたのために贈り物を用意したの。もちろん、受けとってくださるわね？」

「い、いえ。結構で――」

言いかけて、明薔の背後に控えた侍女たちと目が合った。

「まさか、明薔様の贈り物を受けとれないと？」

「卑しい身分のくせに無礼な」

「恥知らずだわ」

「いい気になって」

こそこそと、けれど確実にその場の全員に聞こえる声量で、侍女たちが囁く。それを明薔がわざとらしく窘めた。

「これ、あなたたち。口が過ぎるわ。贈り物を受けとるかどうかは、その方の自由ですよ」

「明薔様、なんとお優しい」

女たちは、同じ顔でくすくすと嗤《わら》う。

今まで黙って後ろに控えたサンが、にわかに気色ばんだ。だが、ここでサンが珠華を庇えば「女官の珊瑚は主人に不満を持っている」という設定が台無しになる。

珠華が黙って手振りで制止すると、サンは口惜しそうに居住まいを正した。

「でも、困りましたわ。贈り物を受けとってもらえないなんて……少しも考えていませんでしたの。代わりに誰かにお贈りしようかしら」

「呂昭儀。度重なる無礼、心からお詫びいたします。贈り物、喜んで受けとらせていただきます」

贈り物とやらがもし毒などであったら、ほかの無関係な人間を巻き込むわけにはいかない。

珠華が腹をくくって申し出ると、明薔の顔がにたり、と歪んだ。

「ふふ、わたくしの贈り物が欲しいの？」

「……はい。すごく欲しい、です」

「無理をする必要はないのよ？」

「していません。本当に、心から欲しいのです」

「そう、そうなのね。そこまで言うなら、あなたにあげるわ」

運ばれてきたのは、片手で摑めるほどの大きさの、小ぶりな壺だった。それをやや重たそうに両手で持った明薔が、珠華の眼前にまで近づいてくる。

　彼女の晴ればれした笑顔が、逆に嫌な予感を掻き立てる。

「鬼怪小姐。目上の人間から物を受けとるときは、ちゃんと腰を落として跪《ひざまず》かなくてはいけないわ」

「……はい」

　言われた通りにその場に跪き、目線を下げた。桃醂やサンが何か言いたげな気配がしたけれど、小さな吐息に変わって消える。

　頭上から明薔の猫撫で声が響いた。

「いい子ね。わたくし、あなたのためにこの贈り物をわざわざ取り寄せたのよ」

　どうせ、ろくなものではない。けれど、受けとらないわけにもいかない。

　苦々しい気持ちで、珠華が「ありがとうございます」と口にしようとした——その矢先。

　ぱたぱた、と液体の滴る音がした。

　冷たいものが珠華の後頭部に当たり、流れ伝って、落ちる。

　また水をかけられたのかと思った。けれど、頭から額、こめかみ、頬を流れる液体は黒い。

（あ……）

磨って、水に溶いた墨。

ぽたり、ぽたりと漆黒の雫が次々と滴って、染みを作る。

顔を上げられない珠華に、明薔の微かな嘲笑が降り注いだ。

「ごめんなさい、手が滑ってしまったの。……でも、よかった。やっぱりこの贈り物はあなたにぴったりだったわね。その気味の悪い髪色も、黒く染まれば少しは見られるわ」

「…………」

珠華は瞬きもできず、呆然と地面を見つめることしかできない。

明薔が、自分をよく思っていないのは重々承知していたはずだった。けれど、墨独特の匂いを放つ真っ黒な粒が土に、衣装の袖や裾に落ちて汚していくたび、珠華の心にも黒いものが広がっていく。

(どうして?)

目頭が熱い。ぼんやりとした聴覚は、怒りで我を失いそうなサンが自分を呼ぶ声も耳鳴りのようにしてしまう。

なぜ、こんなことまでされなくてはならないのだろう。

自分はあくまでまじない師であって、別に白焰の本当の妻になりたいと望んだことはない。皆の不安を取り除きたいと、そう考えて仕事に臨んでいる。

全部打ち明けて、誤解だと、自分に嫉妬するのは見当違いだと叫んだら、許されるのか。

（……でもそれは、できない）

黒幕が誰かわからず、後宮にいる全員にその可能性があることを考えたら、珠華はこのまま妃という立場を隠れ蓑にして動くしかない。

わかってはいても。

あまりの理不尽さに、怒りと悲しみがぐちゃぐちゃに混ざり合う。

「ふふふ、頭から墨を被るなんて、やんちゃな幼子のようね」

明薔は持っていた小さな壺から、無造作に手を放す。落下した陶製の壺は、珠華の肩に当たって地に転がった。

「……っ」

「誰ぞ、手巾を貸して差し上げて」

明薔のかけ声とともに、投げつけられたのは汚水で濡れそぼった、解《ほつ》れかけの雑巾。

「ではまたね、鬼怪小姐。どうぞ、お大事になさって」

足音が遠ざかる。そして、完全に聞こえなくなったとき、珠華はその場にへたり込んだ。

「珠華さま！」

「サン……」

怪我はないかと心配するサンに、黙ってうなずく。

皆の前でどうしても涙は見せたくなくて、こぼれそうになったそれを無理やり呑み込む。けれどそこから先、どうしたらいいかわからない。

途方に暮れていれば、目の前に真っ白な絹の手巾が差し出された。

「明薔、なんてことを」

「桃醂様」

「……止められなくてごめんなさいね」

真っ白な絹を汚してしまうのが忍びなくて、手巾を受けとれずにいると、桃醂は申し訳なさそうに珠華の頬についた墨を拭った。

桃醂がこんな顔をする必要はない。すべては明薔のやったことで、止めに入らなかったからといって、珠華には彼女を責める気はないのに。

でも、上手く言葉が出てこない。

「ああ、これではだめね。全然、綺麗にならないわ」

桃醂が手元の手巾に目を落とし、重たいため息を吐く。

これ以上、彼女に気を遣わせるのも嫌で、珠華はなんとか身体に力を入れて立ち上がった。

「……私、帰ります」

「そうね。帰って湯で流したほうがいいわ」

「はい。ありがとうございます」

どうにか桃醂に礼を言って、庭園から離れ、花月宮に戻る。

留守番をしていたロウと文成には、ひどく驚かれてしまった。

「ご主人様！　誰にやられたんだ？」

「きっと、呂昭儀でしょう。ひどいことをなさる」

憤る二人に、珠華は何かを言う気力も湧かなかった。

その代わり、明薔の嘲笑が頭の中をぐるぐると回っている。

「珠華さま。湯の用意ができました」

サンの言葉に、ありがとう、とうなずく。

「少し、一人にして」

一方的に告げて、珠華は部屋にこもった。

扉を閉めた途端、ぽろり、と一粒、涙が転がり落ちた。

（……このくらい、慣れたと思ったのに）

考えてみれば、昔からこんなことばかりだった。

子どもの頃は髪をさらして街を歩くと、ほかの子どもたちに石を投げられて。大人たちはひそひそと噂話をする。珠華に近づくと、呪われるのではないか。鬼を呼ぶのではないかと。

子軌が庇ってくれることもあったけれど、それだけではどうにもならない。

珠華を育てていることで、燕雲の店に嫌がらせをされることもあった。不用意に客に近づいて、張り倒されたこともある。

『寄るな、化け物』

はっきりそう口にされたのは、もう数え切れない。

老いてもいないのに不吉な白い髪、血のように赤い瞳は鬼眼。こんな容姿なのは、鬼に魅入られたからだと。

だから皆、珠華のことを鬼子と呼んだ。親に似ていない子。鬼の子と。

(自分の姿が恨めしい)

髪を解くと、墨の雫が滴り落ちた。それに、髪を結っていた簪もまた、墨で汚れてしまっている。

空虚な気持ちのまま、この美しい簪を拭おうと、置いてあった清潔な布を手にとった。

(……え)

重なった布の間から、きらりと光るものが転がり落ちた。近づいて拾い上げてみると、それは短い針だった。

(うっかり、紛れ込んだの？)

しかしよく見れば、針の先端が何か液体のようなもので湿っている。

――毒針だ。

悟った瞬間、珠華は針を投げ捨て、その場に蹲《うずくま》る。

「こんなところ、来るんじゃなかった」

無意識に、そう呟いていた。


墨の汚れは落とせても、心にできた黒い染みが消えない。

夜になって、やってきた白焔は瞬時に珠華の心境を汲みとったようだった。

「珠華、今日のことは文成から報告を受けた。……その」

「謝らないでください。そうやって謝られると、余計に落ち込みます」

珠華に言葉を遮られ、白焔はうぐ、と口ごもる。

悪いことをしていない人に謝られても、逆に申し訳なくなるだけだ。確かに今、珠華がこんな状況に陥っているのは白焔にも責任のある話だが、彼にだってやむをえない事情は存在する。

「……呂明薔を後宮から出したいところだが、それもできないからな」

人食い妖を後宮に入れる。それは、皇帝の身に危険をもたらすことにつながる重罪だ。

白焔は珠華に怪事件の解決を依頼したけれど、おそらく自身を害そうとする人や家——政敵を炙り出したい意図があるのだろうと察している。

呂明薔だって、そうだ。

いくら実家の呂家が皇族に忠誠を誓っていても、明薔個人が白焔を憎むこともあれば、白焔以外の皇族に味方をして彼を殺そうとすることもありえなくはない。

だから犯人が判明するまで、後宮からは誰も出せない。

それに、妙に警戒されてしまっても困るので、珠華が依頼されてここにいることも明かせない。つまりはこのまま、呂明薔も泳がせておくしかないのだ。

「いいですよ。私、慣れてますし。むしろ、知らんふりしておけばいいんです。皇帝らしくふんぞり返って、庶民のまじない師の気持ちなんてどうでもいいって」

珠華はなるべく明るく聞こえるように、高い声で言う。

「白焔様のいいところは、自信満々なところでしょ。だから、堂々としていればいいんです。自分の判断に間違いなんてあるはずないって」

「実際、俺は滅多に判断を間違わないしな」

「…………」

「冗談だ。――珠華、そなたは化け物などではない」

突然、何を言い出すのだろう。この皇帝陛下は。

白焔は、珠華の答えなど求めていないかのように続ける。

「髪は雪をまぶしたように輝いていて美しいし」

「老人みたい、の間違いよ」

「赤い瞳は、丁寧に磨かれた紅玉にも引けを取らない」

「……水晶の指環を、あんなにぞんざいに扱った人がよく言うわ」

「そういう辛辣《しんらつ》なところは、話していて楽しい」

「変態かしら」

「俺の美的感覚を信じろ。化け物などと言う者の目がおかしいのだ」

本当に、清々しいほどの自信家だ。

珠華はこうはなれない。自分に自信があったことなんてない。

白焔のこういうところは、憎らしくて、でも、とても眩しい。彼が眩しければ眩しいほど影は濃くなるけれど、どこか居心地がよくて、そもそも自分と比較するのなんて馬鹿らしい。

つい憎まれ口が飛び出しても、珠華は白焔の自信過剰な発言を聞くのは嫌いじゃないのだ。

「……こんなところに来るんじゃなかったって、昼間、思ったんです」

ごりごり、と音を立てて鉢でいつもの薬を擂《す》りながら、本音が零《こぼ》れる。

「白焔様。報酬、はずんでくださいね」

「もちろん、慰謝料は惜しまないぞ。言い値を払うから安心しろ」

別にそこまで金銭に執着しているわけではないけれど。そうでないと、割に合わない。

こんなところに来るんじゃなかった、というのは紛れもない本心だった。つらくて、苦しかったから。

白焔が珠華に依頼したのは、きっと偶然だ。燕雲を訪ねてきて、ちょうどすべてを上手く処理できそうな人材として珠華を見つけたから、依頼したにすぎない。

別に珠華じゃなくてもよかったのだ。ほかに都合のいいまじない師がいたなら、彼はきっとその人物に依頼していただろう。

「……嫌になったなら、やめてもいいのだぞ」

白焔の低い声に、生薬を作る手が止まる。

「全部、途中でも……投げ出していい、と？」

「ああ。呪詛はそなたが解除の仕方さえ置いていけば、宮廷神官たちにも対応できるだろう。後宮のことも……妃も女官もすべて追い出して、誰も入れないように閉鎖してしまえばいい。なんということはないな」

「――もしくは、ほかのまじない師に依頼すればいい」

思ったよりも、苦々しい語調になってしまう。

珠華がなぜまじない師をやっているかといえば、燕雲に育てられたから、というのもあるけれど、何より、まじないという技術を扱うのが好きで、人の役に立てるからだ。

得たまじないは、珠華にとっての唯一の誇り。まじない師であることだけが、珠華が存在していていい理由になる。

だから、別のまじない師に頼られるのは、何よりも業腹だ。

（でも、私くらいのまじない師なんて、たくさんいるでしょうし）

燕雲しかり、珠華よりもはるかに腕の立つまじない師だっている。

「いや、そなたほどのまじない師をほかに探すのは、かなり骨が折れるからな。そんなことはしないが」

心外な、というように、白焔は目をぱちくりと瞬かせる。

「いいですよ、お世辞なんて。わかっていますから、自分がまだまだ未熟なことくらい」

「いや、世辞ではないぞ」

らしくもない褒め言葉だ。皇帝陛下にこんなことまで言わせてしまったからには、珠華のほうが引くしかあるまい。

そう思って、ため息交じりに生薬を擂る手を再び動かし始める。

「やめません。……まじない師として、不可能な依頼というわけでもないのに、逃げるわけにはいきませんから。老師にも怒られます」

だいたい、外見についていろいろと言われることは、簡単に予想できたのだ。

燕雲だって鬼ではないので、きっと、珠華がつらくてつらくて耐えられなかったから逃げた、と言えば育ての親として頭ごなしに叱ったりはしないだろう。けれどまじないの師としては、間違いなく大目玉を食う。

仕事を放り出すとは何事だ、と。

燕雲の説教と仕置きは、たぶんこのまま明薔の嫌がらせを受け続けるより苦しい。

「いいのか、本当に」

白焔の確認ともとれる問いに、珠華はうなずく。

すると、白焔はほっと安堵を滲ませて、微笑を浮かべた。

「うむ、よかった。……しかし、呂家はどうだろうな。一族で俺を裏切っているとは、考えにくいが」

「私にはそこまでわかりませんけど……呂昭儀のことなら、白焔様のほうがよくご存じなのではないですか」

珠華が知っているのは、人に頭から墨を被せてきたり、嫌みなあだ名で呼んできたり、強い憎しみをぶつけてきたりする彼女だ。

それ以外のことは、幼い頃からの付き合いの白焔のほうが、承知しているはずである。

白焔は、そうだな、と呟き、宙を見つめる。

「彼女が俺に向けていた気持ちは察していた。察していたが、俺はもう十年以上この体質だからな。じんましんのことを考えると、あまり仲良くもできなかった」

「ふうん。でも、幼馴染なら、一緒に遊んだりとかするでしょう」

「まあな。話もしたし、触れ合わない範囲で、確かに遊びもした」

思い出しながら語る白焔を、珠華は盗み見た。

すっかり寛いでいる様子の彼は、艶やかな黒髪を背中に流し、華やかな翠の瞳には微かに憂いを浮かべている。容貌はやはり美しく冴えわたり、薄い寝間着からは鍛え上げられ、均整のとれた身体がのぞく。

やや哀愁の漂うそのいでたちは色気さえも感じさせ、世の女性たちの視線を釘付けにするのは間違いない。

るわよね）
（……身近に、こんなに綺麗なちょっと年上のお兄さんがいたら、そりゃあ好きにな
明蕾は純粋に珠華に嫉妬しているのではないか。かなり前からうすうす気づいていたことだ。

周囲が明蕾を将来の皇后と考えていたように、彼女自身もまた、昔からすでに両想いのような感覚でいても不思議はない。

呂家や明蕾が、政治的に白焰に敵対するのか否か、なんて雲の上の事情は珠華にはわからない。でも少なくとも、明蕾の嫌がらせの根拠は白焰への好意が大部分を占めている。

（そうじゃなきゃ、明蕾が私に嫌がらせをする理由がないし）

一人でうんうんとうなずいていると、白焰が口を開く。

「懐かしいな。俺は兄弟が少ないから、たいがいは明蕾か、墨徳と一緒にいた覚えがある」

「墨徳？」

聞き覚えのない名に首を傾げると、白焰は「ああ、そうだった」と手を打った。

「そなたにも会ってもらおうと思っていたのだ。――宋墨徳、俺の兄貴分でな。皇族の血を引いていて、今は俺の補佐をしている、有能な部下だ」

白焔は、まるで自分のことのように誇らしげだ。

しかし珠華と会わせたいとは、どういう意味だろうか。

疑問が態度に現れていたのか、白焔が珠華の内心の問いに答える。

「情報は重要だろう？　無論、墨徳の持っている情報は俺も把握しているが、別の人間と話せばまた違う考えが得られるかもしれぬからな」

「それはまあ、確かに」

人によって、物事の見方は違うものだ。窮奇を誘い込んだ犯人の正体についても、また異なる見解を得ることで真相に近づける可能性はある。

「決まりだな。明日、時間を作るゆえ、墨徳を紹介しよう」

「はあ……」

完成した生薬を手渡しながら、微妙な返事をする。

白焔はいよいよ慣れた様子で生薬を飲み干すと、深く息を吐きだした。

「珠華」

「なんですか」

「こっちへこい」

寝台に寝転がった白焔は、正しく皇帝らしい傲慢さで珠華を呼ぶ。

珠華がまじない道具を片付けてから言われた通りに寝台へ上ると、あろうことか、白焔は膝の上に頭を乗せてきた。

「ちょ、なにしてるんです!?」

「膝枕だ。……ふむ、珠華。今、まじない除けを身に着けているか?」

「あ、そういえば……」

いけない、と珠華は咄嗟に口元に手を当てる。

今日の昼間、明薔にかけられた墨を洗い流すときに外してから、まじない除けの御守りは机上に置きっぱなしだった。

「じんましん、出ませんね」

悠々と人の膝を枕にして寛ぐ白焔は、けろりとしている。

初めて会った日のように、一気に全身を真っ赤にしている気配はまったくない。まだ短時間ではあるが、一時的にじんましんが出ないところまで呪いが薄まった証拠だ。

「本当に効いているのだな、あの薬は」

「疑っていたんですか? ……いえ、むしろ、よく今まで平気で飲んでいましたよね。おかしなものを盛られているとは少しも思わなかったんですか?」

白焔は呆気にとられた表情をしたあと、ははは、と軽快に笑った。

「俺はな、珠華。前にも言ったが、人を見る目に自信があるのだ。そなたはそういうことをする人間ではないと断言できるし、そなたをこうして後宮に入れたのも信用できると思ったからだ」

「…………」

「本当だぞ」

「はあ。……そっ、それにしても、思ったより呪詛が解けるのが早い。これなら、残り半月もかからないかもしれませんね」

珠華は目を逸らしつつ、精一杯はぐらかす。

なんだろう。この名状しがたい心境は。

できる限り早く、ここを去りたいはずなのに、こうして白焔と話す時間を失くしてしまうのは惜しいと感じている自分がいる。この軽口の叩きあいのようなものを、心地いいと。

(友人……とは違うけれど、白焔様には気を許してしまっている。この関係を失くしたくないとどこかで願っているのね、私は)

数少ない理解者に依存しがちな己の心を自覚して、乾いた笑いが漏れた。

「そうか、あと半月もかからないか。寂しくなるな」

白焔の呟きは、まるで、珠華の心をのぞいたかのよう。

私も、とは口にしなかったが、すべてを見抜いているかのような翠の目は、優しく細められた。

＊＊＊

「痛っ」

宋墨徳に会うため、文成の案内で移動している途中、珠華は一瞬強い痺れを感じ小さく悲鳴を上げた。

「ど、どうしました？　婕妤」

「ちょっと……」

文成に答えつつ、微かに残る痛みに顔をしかめ、珠華は懐からまじない除けの御守りを取り出した。

薬包の入った小さな巾着に触れると、ぴりぴりとした刺激がある。

「――呪詛」

間違いなく、珠華に向けられた呪詛を、まじない除けが弾いた感触だった。

嫌な気の流れだ。

呪詛自体はさして威力の大きいものではなかったが、もっと強力なものだったら、この中身の減ってしまったまじない除けでは弾ききれず、もろに受けてしまっていた。

（まさか、人を呪おうなんて……）

まじない師なら、そういう依頼はすぐさま断る。悪意でもって人を呪うのは、まともな人間が手を出してはならない禁忌だからだ。

人を呪わば穴二つ。

人を害そうとするならば、同じだけのものが依頼者と術者に返る。

けれど、この後宮にはそれさえ厭わず他者に呪詛をかけようとする者がいるらしい。

(そうよね。白焔様のじんましんの呪いをかけた誰かだって、どこかにいるはずだもの)

ぐ、と身体に緊張が走った。

「珠華さま、追いますか？」

後ろを歩くサンの囁きに、珠華は黙したまま うなずく。

サンの気配が遠ざかっていく。式神の彼女ならば、呪詛の送られてきた目に見えぬ道筋をたどって、術者にたどり着けるはずだ。今は任せておくしかない。

「文成様、行きましょう」

「いいんですか？」

珠華は心配いらない、と笑みを作る。

どうやら不自然な笑顔になっていたらしく、文成は訝しげな表情になったものの、二人はそのまま宋墨徳との待ち合わせ場所へと向かった。

後宮の外れ、宮廷との境に近い人払いされた部屋で、珠華たちを待っていたのは、白焔よりもいくつか年上――二十代半ばと思われる青年だった。

「ようこそ、待っていたよ」

にこりと微笑む面立ちは柔和だが美しく整い、どこか理知的な印象も受ける。ぱっと見ただけでも、才気溢れる人物であるのが見てとれた。

さらにその装いは華美ではないが、高い位に就く人物に相応しい贅沢なものだ。

珠華は自分にできる範囲で、恭しく礼をする。

「はじめまして、李珠華と申します」

「宋墨徳です。そう肩肘張らず、楽にするといい」

墨徳に席をすすめられ、静かに腰かける。付き添い兼案内役の文成は、部屋の隅に控えた。

「お、もう揃っているな」

珠華たちに次いで、軽い調子で言いながら部屋に入ってきたのは、白焔だ。

墨徳との顔合わせに、紹介者として同席したいと口にしていた彼だが、皇帝とはとにかく多忙の身だ。補佐をしている墨徳と二人して抜けてきていいのか、甚だ疑問である。

珠華と墨徳は立ち上がり、文成も立った状態で白焔に対し、最上級の礼をする。

「自己紹介は？　もう終わったか？」

三人で卓を囲むと、白焔が切り出した。

「簡単に名乗ったところだ」

「はい」

墨徳の言に珠華が同意すると、白焔は「それはよかった」と破顔した。

「では、あまり長居もできないのだが、紹介しよう。――墨徳、彼女は珠華。かの有名な元宮廷巫女、燕雲の弟子でまじない師だ」

白焔の紹介に合わせ、軽く会釈する。

「珠華、これが宋墨徳。昨夜話したように、俺の兄に等しい存在で、今は第一の部下だ」

「よろしく、珠華さん」

「はい。よろしくお願いします」

何のことはない、普通のやりとりだったはずだが、なぜか珠華は白焔からの視線を感じて眉をひそめる。

「どうしたんですか、白焔様？」

「いや、それはこちらの台詞《せりふ》だ。珠華、そなた元気がなくないか？」

ぎくり、と一瞬、身体が強張る。

ここにくる途中の呪詛の件が頭の隅にこびりつき、どこか上の空だったのを見透かされていたようだ。

とはいえ、それこそ白焔の手を煩わせることではない。呪詛を向けられたのは珠華であり、珠華はまじない師なのだから自身で対処すべきだ。

「いえ、元気ですよ。気のせいでは？」

「そうか？　何もないならいいが」

白焔が追及せずに引き下がったので、ほっと胸をなでおろした。

そんな二人の会話を、墨徳が何やら興味深そうに見ている。

「思ったよりも、仲がいいんだね。二人は」

「……え」

「あ」

「いや、いいんだよ。それもこれも、白焔のじんましん体質が治ってきて、女性と普通に接することができるようになった証拠だしね」

そうだろうか。白焔は最初から、差別をしない代わりにやたら距離感のない人柄だったように思う。自信家な性格だ、物怖じしないのは当然だし、きっと誰に対してもそうだと考えていた。

白焔、と皇帝の御名を呼び捨てにする墨徳は、珠華にとっての子軌と同じく数少ない白焔の理解者なのだろう。本当の兄のように言う。

「今まではかなり女性を避けていた節があるね。無意識かな、まあじんましんのことがあるからそうなってても致し方ないけれど」

「墨徳、あまり余計なことは話さなくていいんだぞ」

「聞きたくないなら席を外せばいいだろう。……といってもいられないね。本題に入ろうか。珠華さん、君は今のこの国の政情をどの程度知っているかな」

問われて、しばし考え込む。

政情、といっても、市井にまで届く情報は少ない。

もちろん、一介のまじない師として普通に街で暮らしていた珠華も同様で、後宮に入る前にもいくらか調べはしたが、庶民が得られる情報はたかが知れていた。

歴史書なら燕雲の収集したものを、かなり勉強したのだが。

珠華がそちらの事情に明るくないことを察したのだろう。墨徳は特に呆れたり馬鹿にしたりする様子もなく、語り始めた。

「はっきり言ってしまうと、今、皇帝としての白焰の立場は盤石ではない。そしてその理由が、不本意ながら私の存在でね」

「墨徳様の？」

「俺も否定したいところだが、真実だ」

白焰も苦虫を嚙み潰したように、嘆息する。

「……墨徳は先々代の皇帝の子だ。つまり俺の祖父の子で、先帝の弟、俺の叔父にあたる」

「え……でも」

珠華の頭の中で、まだそう遠くない歴史が紐解かれる。

先帝には皇后のほかに数人の妃がいた。けれど、その前の皇帝は皇后だけで、後宮は機能していなかったはずだ。そのせいか、皇子も先帝一人きりで、彼に何かあったら後継者はどうするのかとずいぶん危ぶまれていた、という記録があった。

「墨徳は祖父がすでに玉座を退いたあと、晩年に庶民の女との間にできた皇子なのだ」

「だから、白焔様と年が近いと？」

「そうなるね。そして、私が生まれたちょうどその頃、間の悪いことに先帝の子は女児ばかりで、皇子がいなかった」

「ああ、なるほど」

さすがにここまで言われれば、珠華にも状況が理解できる。

帝位は皇子が継ぐのが基本である。しかし先帝の御子は公主しかいない。そこへ皇弟が生まれれば、暫定的に後継者扱いとなろう。

「私は生まれてすぐに親元から離され、後宮に預けられて次期皇帝として養育されることになった」

ところが、その数年後、先帝と皇后の間に皇子——白焔が生まれる。皇子さえ生まれてしまえば、皇弟である墨徳は後継者の座を譲り、予備となるほかない。

「——墨徳は優秀だ。だから、俺でなく墨徳こそが玉座に相応しいという貴族が少なからずいてな」

白焔の口調はらしくもなく苦しげで、弱弱しさすら感じる。

誰が皇帝に相応しいか、などという問題は庶民にはなんら縁がない。特別、目に見える偉大な実績のある皇子がいたなら話題にものぼるだろうが、そうでなければさっぱりだ。

だからおそらく、生まれてから数年間だけ次期皇帝だった墨徳は市井では知られていないのだろう。

室内を流れる重い空気に、墨徳は困ったような苦笑いを浮かべた。

「無論、私と白焔の間ではとっくに決着した話だ。白焔が玉座に就き、私が補佐をする。そこには何の蟠《わだかま》りもない。だから私は早々に宋家の養子となったし、その通りにこうして宮廷で働いている。ただ、納得しない者がまだいてね」

「だから、白焔様の地位が盤石にならないと」

墨徳が優秀だといっても、白焔だって幼い頃から麒麟児ともてはやされていた。それこそ、市井にその評判が届くくらいに。

さらに、即位してからの功績だってある。

この陵国が豊かなのは戦がないからだ。それを実現しているのは皇帝である白焔の力量にほかならない。

(それでも納得しないのね……。ううん、むしろ白焔様のことが怖い貴族が、墨徳様を支持するのかしら)

とにかく、墨徳を皇帝として即位させたい一部の貴族が手を回し、白焔にじんましんの呪詛をかけた線が濃厚というわけだ。

あるいは。

(墨徳様が、密かに玉座を狙って企てたか)

白焔は墨徳を微塵も疑っておらず、心から信頼しているようだから、考えたくない可能性ではあるけれど。

それでも、身内では見えてこないものもある。

会話が一段落したところで文成が女官に呼ばれて席を外し、少しして戻ってきたかと思えば、白焔に何やら耳打ちした。

「そうか。すぐにいく」

白焔はひとつうなずくと、「すぐ戻る」と言い残し退室する。

何か用ができたのだろう。珠華と墨徳、文成が場に残された。

「それで珠華さん、いろいろと思うところがありそうだね」

柔和な笑みを浮かべた墨徳は、確信した声音で問うてくる。

珠華は別段、そのことには驚かなかった。あんな事情を聞かされれば、後宮での事件の解決を任された身として考えることは多い。

「……後宮は、たくさんの人の思惑が絡み合う場所だとよくわかりました。ですが、あまり要素を増やされても、一介のまじない師には荷が重いです」

白焔に呪詛をかけた犯人と窮奇を招き入れた犯人、毒棗や毒針を仕込んだ犯人、そして——先ほど、呪詛で珠華を狙った犯人。同一人物の仕業か、それとも全部違う人間の手によるものか。いずれにせよ、こんなにも悪意を持つ人間がいると思うとぞっとする。

珠華は謎解きをするのが仕事ではなく、ただのまじない師なのだ。怪異を退治し、呪詛に対処できても、その実行者を見つけ出すのは専門外である。

ましてや十年以上前に白焔に呪詛をかけた人物など、無関係といっていい。

珠華の返答に、墨徳は苦笑する。

「そういわず、あと半月だったか。協力してくれるとうれしい」

「私のことは疑わないんですか？　民間のまじない師なんて、怪しいでしょう。のらりくらりと解決を先延ばしして、後宮での贅沢な生活をもっと満喫したい、とか企んでいるかもしれませんよ」

自分で言うのもおかしな話だが、胡散臭い、と感じてしかるべきだ。

実は白焔をよく思わない貴族に買収されていて、毎晩毒を盛っている、とか。信頼関係のない協力者なら、ありえない話ではない。

すると、墨徳は突然、あはは、と声を上げて笑った。

「いやいや、そこは疑っていないよ」

「なぜですか？」

「白焔があなたを信じているから。人柄は保証されている」

「……理由になっていません」

「いいや、なっている。白焔の目ほど確かなものはないんだから。――おそらく、白焔はあなたが思っているよりもずっと、頭のいい人間だ。あんな言動だけれど」

それはどうだろう。いまひとつ、腑に落ちない。

白焔の頭がいいことは情報として知っている。確か、十二歳やそこらで科挙《かきょ》にも合格できるともてはやされていた。でも、人柄を見抜くことと関係あるだろうか。

「皇帝としての顔を見たことがなかったら、わからなくても当然か。まあでも、あなたを疑うことはないよ。安心しなさい」

今の珠華は、自分が不可解だ、という顔をしている自信があった。

にこにこと朗らかな笑顔を見ていると、こちらが何やら騙されている気になってくる。

(食えない人ね)

そこで、はた、と墨徳が何かに気づいたような素振りを見せた。

「ときに、珠華さん。何桃醂は元気にしているかな」

「?」

思いがけない問いに、戸惑って首を傾げる。

墨徳が桃醂について訊ねてくる意図がよくわからない。

「ああ、あなたは桃醂と親しくしていると小耳に挟んだから。実は私と彼女は、昔馴染みでね。彼女のほうは幼かったから、もう忘れているかもしれないけれど」

墨徳の説明によると、彼が養子になった宋家は、以前は公主が嫁いできたこともある由緒正しい家で、同じく歴史ある貴族、何家ともかかわりが深いらしい。特に桃醂の母親と墨徳の養母が姉妹なのだとか。

「桃醂がまだ小さい頃に会って、少し面倒を見たこともあるから、気になってね」

つまり、親戚の女の子がどうしているか知りたかった、というわけだ。

本当に、墨徳は白焰にとっても桃醂にとっても、兄のような存在なのだろう。桃醂のことは隠し立てする必要もない。

珠華は「そうですね」とうなずいてみせる。

「桃醂様はお元気ですよ。私を構ってくれますし、いい人ですね」

「そうか、よかった」

「はい。あ……桃醂様といえば、あの燭台を収集する趣味は、昔から？」

「え？　燭台？　彼女、そんな趣味があるのかい？」

おや、と眉をひそめてしまった。目を丸くする墨徳に、とぼけている気配はない。

「ええ。部屋に行ったとき、たくさんの燭台がありました。それで桃醂様本人から、そういう趣味があると」

「数年前、彼女の実家を訪ねたときにはまったくそんな様子はなかったし、彼女の両親も何も言っていなかったけれど」

では、数年の間に突然、燭台の収集に目覚めたということか。

そこでちょうど、白焰が部屋へ戻ってきた。

「すまん、遅くなった。そろそろお開きにしよう」

白焰はすまなそうに言うが、珠華としてはなかなか有意義な時間だった。

真相の究明につながるかと言えば謎だが、やはり初対面の人物と話すのは新鮮で、刺激をもらえた気がする。

文成とともに花月宮に帰ると、すでに呪詛の出処を追わせたサンも戻っていた。

「珠華さま、おかえりなさいませ」

「ただいま。どうだった？」

訊ねると、心なしかサンの表情が曇った。

「……あの呪詛は、おそらく呂明薔の指示かと。出処はあの女のところの女官でした」

「そ、う」

明薔はいよいよ手段を選ばなくなったのか。こうなると、毒入り棗や毒針も、珠華を害そうと彼女が手を回した可能性がある。

まじない師として、呪詛に手を出した人間を放っておくことはできない。しかし、正面から忠告したとて、明薔が聞くはずがない。むしろ、反感を買って状況を悪化させるだけだろう。

――憎まれている。

原因が嫉妬だろうが、なんだろうが。強い憎しみを向けられている。それに気づいてしまったら、背筋が凍りそうな恐怖に襲われた。

指先が、小さく震える。

「ご主人様！」

がつん、と硬いものが強く床を打った。

「……ロウ」

振り返ると、長い棍を持ち、眉を吊り上げた少年が仁王立ちしていた。少年――ロウは、怒りに喚《わめ》く。

「呂明蕾とかいうやつ、許せない。サン！　お前、なんですごすご帰ってきたんだよ。ご主人様を悲しませるやつは、その場で殺してしまえばいいだろ！」

「うるさいわよ。そんなことをしたら、珠華さまのお立場が悪くなるでしょう」

「立場なんて、関係ない。おれたちはご主人様の式神なんだから、人の法になんか縛られない！」

目に見えそうなほどの怒気を纏うロウと、それに苛立つサンは睨み合う。

式神たち、特にロウは、ずっと部屋で留守番をしていて肝心なときに役に立てない、ともどかしく思っていたのかもしれない。

ずっと珠華が落ち込んでいるところだけを見ていて、鬱憤を溜めていたのかもしれなかった。

「もう、我慢できない！　おれ、そいつを始末しに行く！」

あっという間の出来事だった。

ロウは少年の姿のまま、居室を飛び出していく。

「待って！」

「待ちなさい、ロウ！」

「ロウくん！」

咄嗟に動き出せなかった珠華の代わりに、サンと文成があとを追って飛び出していく。

（私のせいだ）

ロウの怒りが頂点に達していることに気づけなかった。主として、まじない師としてこれでは不甲斐ない。自分の式神すら上手く御せずに、何がまじない師か。

珠華が後悔に苛まれているうちに、さほどかからず、いきり立つロウは連れ戻された。

「はなせ！　はなせよ、サン！」

「黙って！」

サンに首根っこを摑まれ、文成に見張られながら戻ってきたロウの姿を確認し、珠華はほっと安堵の息を吐いた。

一方で、サンと文成の顔色は優れない。

「……やってくれたわね、ロウ」

低く呻くように言ったサンに、文成も苦しげに瞑目した。

「まずいことになったかもしれません。……ロウくんの姿を、ほかの女官に見られたかも」

「え……」

ロウはどうやら、追いかける二人の手を逃れ、花月宮をあと一歩で出るところまで行ってしまったという。

ただでさえ、珠華の弱みを握ろうと虎視眈々と狙っている者もいるのだ。男子禁制の後宮へ男を連れ込んだ、なんてことになったら追及は免れまい。

さっと、血の気が引いた。

「ロウが猫の姿に戻れば、誰も男なんて見つけられやしないけれど」

どくり、と心臓が脈打つ。

実際に男がいるか、いないか。重要なのは、そこではない。

花月宮で男を見かけたという証言があれば、責任は今の花月宮の主である珠華に問われる。皇帝以外の男を、後宮、ましてや妃嬪の居住区に入れた可能性がある……それだけで、罰されるには十分だ。

「誰にも見られていないことを祈るしか」

ない、と文成が続けようとするも、全員の希望はそこで打ち砕かれた。

花月宮に、ほかの妃嬪の訪れが告げられる。

（……どうする）
珠華は緊張に喉を鳴らした。

四　まじない師は幽《ゆう》される

張り詰めた空気の中、花月宮の主たる珠華の返事も求めず、居室の扉が開く。

「……呂昭儀」

喘ぐように呟いた声は誰のものか。

扉の向こう、羽扇で口元を隠す明薔が珠華に突きつけるものは、嫌悪、というよりも軽蔑、といったほうが正しいかもしれない。

「説明していただけないかしら。李婕妤」

呼び方がいつものあだ名ではない。それだけで、彼女が嫌がらせでなく本気で珠華を糾弾する気でいるのが伝わってくるようだ。

心臓が痛いくらい、うるさく鳴っている。

私刑、という言葉が脳裏にちらついた。後宮は女の園だ。いくら皇帝の持ち物であっても、より位の高い妃が低い妃を独断で裁くことは、往々にして行われてきた。

『地位はそれなりに高いほうが動きやすいと思ったんだが』

今になって、白焔の心遣いが身に染みる。

あのときは、生活の保障さえあればただの女官でもよかったのに、なんて思っていたけれど、それでは妃嬪の誰かに行動を見咎められたとき、身を守るすべがない。

きっと、白焔には最初からわかっていたのだ。

「……私は」

言葉が続かない。このまま後宮を去るわけにはいかないのに、何と答えたら明薔の追及から逃れられるかわからなかった。

息苦しい沈黙に包まれる。珠華は汗ばむ手を握りしめ、浅い呼吸を繰り返した。

「おそれながら、呂昭儀――」

躊躇いがちに、しかし毅然とした調子で文成が声を上げる。

けれど、

「わたくしは李婕妤に訊いています」

険しい表情で取りつく島もない明薔に、文成も口を噤《つぐ》んでしまう。珠華が、何かを答えなければ。

軽い足音が、近づいてくる。

「この花月宮に、殿方がいたそうだけれど。どういうことか、説明していただけないかしら」

「それは……」

「それは？」

珠華の目の前に優雅に佇む明薔に問い返されるも、彼女を納得させられる説明などできない。

「沈黙は肯定とみなしますわよ」

「……っ」

唇を噛む。俯いた顎に羽扇の柄が当てられ、ぐ、と強引に上を向かされた。

息がかかりそうなほど間近に迫った明薔の美貌に、頭から丸呑みにされる自分を幻視した気さえする。

「わかっているの？　あなたは陛下のための庭を汚したのよ」

ゆっくりとした口調とは裏腹に、明薔の瞳の奥には黒くてどろどろとしたものが澱んでいる。それはおそらく、憎しみや妬みのような何かだ。

絡みつくような彼女の雰囲気に呑まれ、珠華の震える唇が勝手に言葉を紡ぎ出す。

「……わかって、います」

「そう。認めるのね、殿方を連れ込んだことを」

「い、いえ……それは」

「あなたは何もわかってはいないわ。ここはただ、陛下が花を愛でるためにある園なの。あなたはただ珍しい形や色をしていたから、陛下の御目に留まっただけ。何の力もなく、おまけに余計な虫を呼び寄せる花など、必要ないのよ」

明薔の言うことは正しい。どんな感情が彼女の根底にあろうと。

後宮での規則を破ったとなれば、珠華はもはや力づくで排除されても文句は言えないのだ。

ここで逆に明薔の呪詛の件などを持ち出して糾弾できれば逆転もありえるが、残念ながらそれこそどこにも証拠はない。はぐらかされれば、それまで。

万事休す。

珠華があきらめかけたとき、凜とした声が響いた。

「――呂昭儀。そこまでになさってはいかが？」

真っ直ぐに明薔を見つめるのは、桃醂だった。

明薔は厄介なのが来たと言わんばかりに、憎々しげに睨む。

「何徳妃。あなたとて、わたくしを止める権利はありませんわ。李婕妤は殿方を後宮に連れ込んだのですから」

「証拠はありますの？」

「そんなものが必要ですか？　この花月宮で陛下以外の殿方を見たと証言する者がいますわ。妃嬪として位をいただいている身で、あまつさえ陛下の寵愛を得ている身でありながら、疑わしい行動をする。これは十分、陛下への裏切りになるでしょう」

明薔の振るう弁舌に、しかし桃酥は少しも動じなかった。

「裏切りかどうか、決めるのは陛下ですわ。昔の後宮ならいざ知らず、今のわたくしたちに、証拠もなくほかの妃嬪を裁けるほどの権威はありません。そんなことをすれば、今度はあなたが糾弾される側になるでしょうね」

「……ふん。徳妃もずいぶん小賢しいこと」

いくら呂家が皇族に忠実で信頼されていようと、こんなにも堂々とほかの妃嬪を、しかも皇帝自らが後宮に入れた寵妃を独断で裁いたとなれば、大問題になる。

桃酥の言う通り、現在の妃嬪に後宮制度が生きていた頃ほどの権力はない。所詮は、皇帝でなく貴族たちの意向で作られた後宮にすぎないのだ。

しん、と静まり返る室内。けれど、そのとき微かに物陰から、かたり、と音がした。

「そこ！」

明薔の鋭い視線と声が、音のしたほうへ放たれる。

飛び出してきたのは黒と白の毛並みの小さな影だった。にゃあ、と一鳴きした小さな動物はそのまま、またどこかに姿を隠した。

「猫……」

誰かの気の抜けたような声で、張り詰めていた空気がわずかに緩む。

明薔は口惜しそうに、珠華から離れた。

「……あなたが陛下を裏切ったこと、わたくしは決して忘れませんからね。この罪は命を以て償ってくださらないと」

そう言い残し早足で去っていく背を、珠華はどこかぼんやりとした心地で見つめる。緊張の糸が切れて、足元も覚束ない。

「珠華さま！」

ふらつく身体を支えてくれたのは、泣きそうな顔になったサンだ。

「ありがとう、サン。……桃醂様、助かりました。ありがとうございます」

「いいのよ」

桃醂が来てくれなかったら、危なかった。あのままでは、珠華を後宮に入れた白焔の足も引っ張っていただろう。不甲斐ないが、きっと珠華が彼女と同じことを言って反論したとしても、明薔を退かせることはできなかった。

すべて、彼女の力あってこそだ。

「それより、何かされなかったかしら？　怪我はない？」

心配そうに訊ねてくる桃醂に、なんとか笑いかける。

「平気です」

「本当？　我慢していない？」

「本当に大丈夫です。心配してくださって、ありがとうございます」

「お友だちなのだから、当然よ」

するると、部屋の外が再びにわかに騒がしくなる。女官たちの慌てたような声が、珠華たちのところまで聞こえてきた。

何事かと顔を見合わせた、まさにそのとき。居室の扉が勢いよく開いた。

「珠華！」

「白焔様……」

飛び込んできた大きな身体に、驚きで目を瞠る。

まだ日は高い。こんな時間に皇帝が後宮にくるなんて、信じられない。

「呂明薔がこの花月宮に来たと聞いたが、何事もなかったか？」

「白焔様、それでわざわざここに？」

まさかという思いで珠華が問うと、白焔はこっくり首肯した。

想像以上に、明薔が花月宮に乗り込んできたことは後宮に衝撃を与えたらしい。明薔が、ついに得体の知れない新参者の珠華を締め上げるのだと。

その報があっという間に広まって、なんと執務中の白焔の耳にまで入ったという。

「心配したのだぞ」

「ごめんなさい」

白焔は、珠華に触れようか触れまいか、迷うようにうろうろと手と目を彷徨《さまよ》わせる。

しかし珠華が謝罪を口にすると、「うむ」と落ち着きを取り戻した。

「それで、ここに男を連れ込んだというのは？」

珠華に何事もないとわかったからか、安堵の息を吐きながら白焰が訊いてくるので、素直に白状した。

「その、私が失敗して……事故が」

ちらりと見た先は、黒と白の毛色をした猫の尻尾。それで、白焰もだいたいの事情を察したようだった。

原因となった猫――ロウは、尻尾だけをのぞかせたまま、机の下から出てこない。

「あらあら、お二人ともずいぶん通じ合ってらっしゃるのね」

「桃醂様！」

心底意外そうに、とんでもないことを口にする桃醂に、珠華は仰天した。けれど、彼女は「隠すことないわ」と微笑み、白焰に向かって優雅に礼をする。

「陛下、ご無沙汰しております」

「何桃醂、だったな。おかげで助かった。珠華にはここを去ってもらうわけにはいかないのでな」

「お役に立てて光栄ですわ」

堂々と振舞う桃醂を見ていると、頼もしい。でも、彼女に庇ってもらわなければ何もできなかった自分が情けなくて、恥ずかしかった。

珠華はまじない師だ。後宮で寵を競うのは仕事ではないし、その意味では生粋の貴族である桃醂のほうが慣れていて当然。わかってはいても、自分から明蕾がつけ入る隙を与えてしまったにもかかわらず、対処できなかったのがどうにも不甲斐ない。

一人で落ち込む珠華の顔を、白焰が覗き込んだ。

「やはり、どこか痛むのか?」

「いいえ。ちょっと、がっかりしていただけです。……それより、早く仕事に戻ってください。きっと墨徳様も困ってらっしゃいますよ」

居たたまれなくて、つい素っ気ない憎まれ口を叩いてしまう。

けれど、白焰はそれに怒りもせず、笑って珠華の肩に手を置いた。

「そうだな。そなたの無事も確認できたことだし」

言ってから、少し考え込んで桃醂のほうを見た。

「これからも、珠華の力になってほしい」

「もちろんですわ。……ああ、その代わり、といっては何なのですけれど」

後宮の頂点たる美姫は、冗談交じりに茶目っ気を含んで微笑む。

「よろしかったら、わたくしの部屋にもいらしてくださいな、陛下。おそれながら、わたくしにも体面というものがありますの」

「いいだろう。そのうちな」

二人の会話を聞いて、ふと思う。

明薔は恐れないのだろうか。

表向きとはいえ、一応、後宮の中で珠華は白焔の寵愛を得ていることになっている。ゆえに、珠華に突っかかれば白焔からの好感度は下がる一方、愛情からどんどん遠ざかる。

珠華が心配することではないけれど。

「ではまた、夜にな」

軽く手を振って去っていく白焔の背を、珠華はぼんやりと眺めていた。

＊　＊　＊

それから数日、珠華は以前にも増して部屋に引きこもる生活を余儀なくされた。

次に明薔と顔を合わせたら、今度こそどうなるかわからないためである。こそこそと逃げ隠れするようで気分はよくないが、こうするのがもっとも面倒ごとを避けられる。

(命で罪を償えと言われてしまったし)

依然として毒嚢が入り込んだ原因や、花月宮で用意したはずの布類の中に毒針を紛れ込ませた犯人はわかっていない。また呪詛なら、珠華がどこにいようと関係なく攻撃できる。

ゆえに、部屋にこもっているから絶対に安全、というわけでもないのだが。

「おーい、ロウくん。いい子だから出ておいでー」

文成の間の抜けた声が聞こえる。

ロウは猫の姿のまま、机の下や棚の裏などに隠れ、一向に出てこなくなった。

きっと、責任を感じているのだろう。ロウの行動が、珠華の弱みになってしまったのは間違いないから。

「文成様、ロウのことはそっとしておいてください」

「……すみません。つい、寂しくなってしまって」

珠華が口を出すと、文成はしょんぼりと眉を下げ、長椅子に腰かけた。

本当なら、主人として自分がロウを励ますような言葉をかけてやらなければいけないのに、何と言ったらいいのかわからない。

一見、穏やかな昼下がり。

けれど、珠華を取り巻く今の状況は穏やかとはほど遠いのを痛感する。

「いっ……」

突然、何の前触れもなく走る鋭い痛み。

珠華は茶碗に伸ばした手を、咄嗟に止めた。

「珠華さま！」

「平気」

駆け寄ってくるサンに返すも、急にぱっくりと裂けた右手の甲から、血が溢れ出して垂れ滴る。

じくじくと、焼けるような熱に歯を食いしばる。

刃物が近くにあったわけでもない。乾いて割れたわけでもない。ただ自然に皮膚が裂けたとしか見えない傷は、けれど真実そこにあった。

「ど、どう、あの、しょ、婕妤」

文成が動揺しつつ差し出してきた手巾を受けとり、傷口を覆ってしっかりと縛る。

「すみません、文成様。手巾を汚してしまいました」

「いえ、構いませんが……。それは」

呪詛か、とはもはや確かめるまでもない。

まじない除けを身に着けていても、それ以上に強力な呪詛を放たれれば防ぎきれないのだ。

サンが全身の毛を逆立てそうな勢いで、憤る。

「あの女、ロウの言う通り消してしまえばいいのです！」

「サン、落ち着いて」

「しかし……！」

手を縛る白い手巾が、徐々に真っ赤に染まっていく。

術師を雇ったにしろ、独学にしろ、明薔が呪術に手を染めているのは明白だ。しかも呪詛で人を傷つければ、最悪の場合、罰則の対象になる。

それを盾に糾弾することもできるが。

(諸刃の剣よ、それは)

後宮で珠華の味方についてくれそうなのは、妃嬪の中では桃酥くらい。ほかの五人の妃嬪たちは敵に回るか、あるいは傍観に徹する可能性が高い。援護は期待できない。

そうなれば、たとえこちらに正当性があろうと、多くの女官たちを味方につけている明薔に返り討ちにされることもありうる。

おずおずと文成が口を開く。

「呪詛を完全に防ぐことはできないのですか？」

「……防ぐ、というか。確実なのは呪詛返しです」

「それを行うことは？」

珠華は黙って首を振った。

通常、呪詛返しは自分に向かってくる呪詛を何倍にも威力を増して返す術である。そんなものを使えば、明薔が命を落とすことになりかねない。もしそれで本当に明薔が死んだとしても、珠華が罪に問われることはないだろうけれど、別に彼女の死を望んでいるわけではないのだ。

「いいでは、ありませんか……」

珠華の説明を聞き、絞り出すように呟いた文成の真意は、追及しないでおく。人を憎み、死を望むこと。口に出せば、それは呪詛となって気の流れを濁らせる。式神たちは人ではないので軽々しく言葉にしてしまうけれど、珠華は文成に余計なものを背負わせたくなかった。

(私は所詮、期間限定の偽物の妃だもの。味方したところで、何の利益にもならない)

一気に落ち込んだ雰囲気の中、血の止まった傷口をサンに手当てしてもらい終えると、来客があった。

「桃醂様」

居室へとやってきた美しい妃を、珠華はほっとした気持ちで出迎えた。

「突然でごめんなさい。一緒にお夕食をと思ったのだけれど、どうかしら」

「いいですね」

桃酥はここのところ、連日こうして花月宮を訪ねてきてくれる。花月宮から出られない珠華のためにわざわざ足を運んでくれるのだ。

白焰に頼まれた手前、というのがあるにしても、かなりの手間だろうに。

華やかな容姿で、いつもにこにこと柔らかい空気を纏う彼女が来ると、重苦しくなりがちな花月宮の雰囲気もいくらか穏やかになる。

脅威が去るわけではないのに、どこか安堵したような心地にしてくれる彼女には、珠華も感謝していた。

「ふふ。楽しみね」

桃酥は連れてきた二人の侍女に、食事の準備を指示しながら笑う。

「……ありがとうございます。気にかけてくださって」

「いいのよ。わたくしとて、何も計算していないわけではないもの。――あら？」

ふと、桃酥の視線がある一点に釘付けになった。

確認せずとも、その視線の先に包帯を巻かれた珠華の右手があることを察する。

「どうしたの、その手」

「これは、なんでもありません。ちょっと……切ってしまって」

「そう。そうよね。さすがに花月宮にいるあなたを傷つけるなんて、彼女にはできないでしょうし」

でも痛そう、と桃酥は憂いを帯びた表情で、珠華の手を見つめる。

桃酥に呪詛のことは伝えていない。まじない師でない彼女では、もし万が一巻き込まれてしまったとき、対処できない。

「あとで、よく効く薬を差し入れるわね」

「ありがとうございます。ですが、お気遣いなく」

薬くらいは自分でなんとかできる。これ以上、桃酥の世話になるつもりはなかった。

「遠慮しなくてもいいのに。……そうそう、お食事に陛下もご招待しておいたわ」

「えっ」

「もちろん、お時間があれば、と言っておいたけれど。そのほうが楽しいと思ったの」

急に白焰のことが話題に上がり、ぎょっとする。けれども、忙しくて来られないかもしれないので、気にせず食事を始めていて構わない、と返答があったことを聞くと、なんとなく安心してしまった。

話しているうちに、卓上には温かな食事が並べられていく。

女官たちが調理したのだろうか。海老《えび》や蟹《かに》などの魚介と野菜をふんだんに米と炒め合わせた飯や、鶏や豚の肉を挽き、香草で香り付けしたものを小麦の生地で包み込んだ肉汁たっぷりの饅頭《まんじゅう》、丸ごと焼いた鴨の肉、貝や山菜を煮込んだ羹……さらに口当たりのいい甘い葡萄酒が用意された。

どれも、物が集まる武陽でだからこそ手に入る、輸送にも大変気を遣う貴重な品々を使ったものばかり。

同じ武陽の中とはいえ、下町暮らしの珠華では一生に一度食べられるかどうか、という豪華な食事だ。後宮に入ってからいいものを食べてきたと思っていたけれど、比べ物にならない。

「さて、いただきましょう。この葡萄酒、酒精が強くないからおすすめよ。いかが?」

「じゃあ、少しだけ」

侍女が桃醂の杯に葡萄酒を注ぎ、珠華の杯にも同じく葡萄酒を注いでくれた。

普段は珠華の希望で、食卓は文成やサン、ロウも共に囲んでいるが、今日は桃醂がいるのでそういうわけにはいかない。三人には桃醂付きの侍女たちと控えてもらっている。

取り分けた料理を、さっそく口に運ぶ。

「!　おいしい」

あまりに美味で思わず声を上げれば、桃醂が少し誇らしげに笑う。

「でしょう。わたくし、後宮にいてもどうしても美味しいものが食べたくて、わざわざ料理が達者な侍女を実家から連れてきたのよ」

確かに、食材は尚食局に併設された食糧庫からいくらでも手に入るが、調理は各自に任されている。

共用の厨房となっている尚食局に詰めている女官たちに作らせてもいいし、自身の宮の厨房で信頼できる女官に作らせてもいい。

(うちは私かサンが花月宮の厨房で作っているけれど)

なにしろ、初っ端から毒入り棗に当たってしまった珠華たちである。食材は食糧庫からでなく、文成が手配して運び込ませたものに限り、さらに調理も他人には任せない。

こうして誰かの作った食事をとるのは久しぶりだった。

「食材は食糧庫のものですか？」

念のため珠華が訊ねると、桃醂は「ええ」とうなずいた。

「いつも新鮮で、豊富な食材が揃っているのだもの。使わない手はないわ。でももちろん、珍しいものならば自分で実家から持ってこさせることもあるわ」

「毒とか……仕込まれていたらどうするのですか？」

「あら、わたくしたちはあなたが来るまで陛下に見向きもされず、気ままに暮らしていたのよ？　毒を仕込むなんて、そんな足の引っ張り合いも必要ないもの。わたくし以外の妃嬪も皆、食糧庫の食材を使っていると思うけれど、毒なんて聞いたことがないわ」

珠華はちらりと、そばで控える文成を見た。

桃醂の言うことが真実ならば、あの棗はいったいどういうことか。

結局、あの棗の出処はわからずじまいだった。それは、不特定多数の人間が出入りする食糧庫では誰でも毒を仕込めるし、誰が毒入りに当たるかわからないからだ。

つまり、何者かが誰か特定の人物を狙って入れたものではない、と結論づけられたということ。

しかし、桃醂の言う「足の引っ張り合い」が珠華を標的に始まったとして、その一環であろう毒入り棗がたまたま的中するなど、ありえるだろうか？

（違う。たぶん最初から私を狙って毒を）

あのときから、すでに。そう考えるほうが自然だ。

珠華を殺そうとしているのが明薔である以上、彼女が犯人であると考えるのが妥当だが――。

（この状況だと、一番怪しいのは文成様になる）

干し棗を用意したのは彼だ。尚食局から花月宮に運ばれてくる間に彼が仕込んだというのが、何よりありえる可能性だろう。

布の毒針も、文成なら容易に仕込める。

「どうしたの？」

桃酥の声にふと我に返った。つい食事を口に運ぶ手が止まり、思考の深みにはまってしまっていたらしい。

「な、なんでもありません」

（いけない。すっかり疑心暗鬼になっているわ）

疑ってばかりいると、周囲の誰もが怪しく思えてくる。けれど実際に、難度に差はあれど誰にだって犯行は可能だろう。毒には気を遣っていたが、それですべて防げるわけではない。

干し棗のあった尚食局の食糧庫は誰でも出入りでき、布を洗濯している洗い場もまた、共用なので誰でも毒針を持ち込める。

考えるうちに軽く頭痛を覚え、珠華はため息を吐いた。

「葡萄酒は飲んでみた？」

何やら頭を悩ませている珠華を心配してか、桃酥が明るく話しかけてくる。

「はい。少しいただきました」

「飲みやすくて、美味しいでしょう？」

手元の杯に視線を落とす。

なみなみと注がれた赤紫色の葡萄酒は、桃酥の言う通り、酒精が強くなくて果実の甘みがよく残っているので、いくらでも飲めそうだった。

でも、自分でも驚くくらい杯は進んでいない。

「まだあるから置いていくわね。よかったら、陛下と飲んで」

「ありがとう、ございます」

楽しい食事の時間だったはずが、桃酥が帰る頃には珠華の心は沈み、重たい疲労感だけが残っていた。


「ふむ、出遅れたな」

「お忙しいのでしょう？　仕方ありませんよ」

桃酥が帰ってから、時が経つこと少々。

どうやら急いでやってきたらしい白焰が、花月宮の居室に顔を出した。

「珠華さま、ひと通り終わりました」

「ご苦労様。あなたたちも食事をとって休憩していて」

サンの、何が、とは言わない報告を聞き、珠華は長椅子にぐでり、と全身を預ける白焰に向き直る。

「食事、どうされますか？」

「よきに計らえ」

「困ります」

皇帝陛下に食事を出すことほど、悩ましいものはない。先ほどの食事の余りは十分にあるけれど、まさかそれを出すわけにもいかない。かといって、これから調理していては時間がかかるし、珠華が作る庶民的で貧相な食事を出すのも気が引ける。

けれど、白焔もよほど疲れているのだろう。一向に口を開かない。

（仕方ない）

珠華は休憩に入ろうとしているサンに頼んで、桃醂との食事の際に余った肉や野菜を刻んで入れた粥を用意してもらった。

何も希望を言わないのだから、余り物を出しても構うまい。言わないほうが悪いのだ。

大きめの椀に熱々の粥をたっぷり入れ、匙を差し込んだものを白焔の前に置く。

「どうぞ」

「あー、すまない」

白焔はとろとろとした動きで上体を起こし、粥を口に運んだ。

「美味い」

それはそうだろう。

粥といって侮るなかれ。もともとしっかりと味のついた料理の残りを、さらに煮込んでいるのだから、旨みが溶けだし米に染み込んでかなり美味なはず。

無気力になっていた白焔も食べ始めたら徐々に力が回復したようで、あっという間に椀は空になった。

「美味かった」

「お粗末様でした。桃酥様が置いていかれた葡萄酒があるのですが、飲みます？」

「もらう」

言葉は先ほどよりもしっかりしているが、服の襟を緩めて再びぐでん、と脱力した白焔を見ていると、呆れてしまう。

（まるで自分の家みたいに寛《くつろ》いでるし……）

いや、ここは皇帝のための後宮で宮殿の一部なのだから、白焔の家で間違いないのかもしれない。しかし、さすがに警戒心がなさすぎる。

こんなことでは珠華がいなくなったあと、またおかしな呪詛に引っかかってしまうのでは。

などと考えながら、白焔のために杯を用意していると。

「珠華」

どき、と心臓が跳ねた。

まさか、無礼なことを考えていたのが見透かされて、叱られるのだろうか。おそるおそる振り返れば、じっとこちらを見つめる翠の目とかち合った。

「な、なんでしょう」

「その右手、どうしたんだ」

「あ……えーと」

失念していた。呪詛を受け、できた傷。

もう血は止まっているけれど、傷はそれなりに深く、手に巻いた包帯もわりと目立つ。時間がなくて、まだ文成から報告を受けていないのだろう。

「ええと、ちょっと切ってしまって。大したことはありません」

そんなふうに誤魔化してみるけれど、白焔は明らかに納得していない。

「何度も言わせるな、珠華。俺たちの間に隠し事はなしだ。切ったわけではないだろう」

「…………」

白焔は桃醂のように簡単には引き下がってくれない。珠華はそれを悟って、大きなため息を吐き出した。

「……呪詛の傷です」

「なんだと」

「呪詛を受けました。防ぎきれず、傷が」

防ぎきれなかった、なんて。なんとも情けないが、本当のことなので仕方がない。それだけ明蕾の憎しみが強いということだ。また、おそらくまじない師か、類似する術者を雇っているのだろう。それも、腕の良い。

白焔は形のいい眉をひそめた。

「その傷、ちゃんと治るのか」

「もちろん。普通の怪我と何も変わりませんから。……私のことは、心配いりませんよ」

白焔は自分のことだけ気にしていればいい。皇帝よりも貴い人間はこの国にいやしないのだから。

珠華の真意が伝わったのか、どうなのか。

湯を浴びてくる、と言い残し、白焔は部屋を出ていった。

(あんまり親切にされると、苦しい)

ここを去る日はもうすぐそこだ。これ以上、心の中にずかずかと入り込まれると困る。

皇帝と庶民のまじない師。夫婦どころか、友人にだってなれないくらいの隔たりが、そこにはある。一度別れたら、二人の歩む道が交わることは二度とない。

このひと月は、珠華の人生の中でほんの一瞬きらめいた、泡沫《うたかた》の夢にすぎない。その儚い夢に、情を残したくなかった。

珠華は寝室に移動し、葡萄酒と杯をいったん卓上に置くと、机の抽斗からまじない道具を取り出す。

(私は皇帝の妃じゃない。まじない師よ)

毎晩繰り返してきた生薬作りも、終わりが近い。白焔にかけられた呪詛が解けるのだから、いいことではないか。寂しくなることなどないのだ。

(しゃんとして、私)

無心になって作業をしていたら、いつの間にか白焔が寝室にきていた。

「珠華」

「これ、飲んでください」

余計なことを言わせるものか、と生薬の入った椀を白焔に向かって突き出す。

「何をそんなに怒っているのだ」

「別に怒っていません」

「怒っているではないか。言っておくが、この場合、怒りたいのはこちらのほうだぞ。そなたはすぐ俺に隠し事をする。呪詛を送られているなんて、初耳だ」

呪詛については文成に口止めしているので、当たり前だ。でもそれでいい。呪詛は洒落《しゃれ》にならないくらい、危険なのだ。使えばろくな死に方をしない。術者も、依頼主も。

今はじんましんくらいで済んでいる白焔なので、今後も深くかかわらせないに限る。

「呪詛のことは忘れてください。じんましんだって、もうほとんど出ないでしょう。そのまま、何事もなかったみたいに記憶から消してしまえば、それで終わりです。本来、呪詛は危ないものなんですから」

「その危ないものに、そなた一人で立ち向かわせるわけには」

「私はまじない師だからいいんです」

素っ気なく言うと、白焔はむっとした顔になり、なんだかな、と鼻を鳴らした。そして渋々といったふうに椀を受けとり、飲み干す。

珠華は呪文を唱え、ふ、と息を吐いた。

「呪詛を送ってくる犯人はわかっています。まじない除けで威力は弱められますし、致命的な傷は負いません」

「だからといってな――」

白焔が口直しのため、水差しに手を伸ばす。

（え……）

ぞわり、と背筋に悪寒が走った。澱み、濁った〝気〟の感触。今までの比ではない。明確な殺意によって正常な流れから外れた気配が、身体にまとわりつく。

——どこから。

そんなものは、一目瞭然だ。

考えるより先に、すでに珠華は動き出していた。

「白焔様、いけない！」

「珠華？」

「その水を飲まないで！」

叫ぶや否や、水差しを持っているほうの白焔の腕に飛びつく。夢中になって奪いとった水差しは、中身をまき散らしながら勢いのままに床に転がった。

ぞくり、ぞくり。

背を這いまわる寒気が止まらない。この瞬間、珠華はこの後宮に渦巻く怨嗟《えんさ》の行方をなんとなく察してしまった。

「しゅ、珠華……？」

珠華の身を案ずる彼の声に、答えられない。喉がからからに渇いて、張りつくような不快感。全身が震え上がっている。

白焔が、震える珠華を宥めようとしてか、手に手を伸ばしてきた……けれど。

「……っ」

思わず、払いのけてしまった。

（なんで、今まで気づかなかったの？）

自分がこの花月宮において毒の脅威にさらされるということ。それはすなわち、花月宮に毎晩出入りしている白焰にさえ、危険が及ぶということだ。

呪詛に気をとられていた。毒ならある程度見破れるからと、どこかに慢心があった。

彼と過ごす時間が、楽しくて。居心地がよかったから。

（だから、やっぱり）

心なんて開くべきではないのだ。

「もう、来ないで」

「は？」

あまりに突然で、瞠目し呆気にとられた様子の白焰。珠華は、歯を食いしばった。

悲しい、苦しい、痛い。胸の奥が軋んで、悲鳴を上げる。でも、この方法しか知らない。わからない。

「もうここには来ないでと、言ったんです。皇帝陛下」

拒絶の仕方なら、誰よりもよく理解している。人を傷つける方法も。

「何を言っている？」

「さっきも申しましたが、もう呪詛はほとんど解けています。長時間でなければ、女性に触れても問題ないでしょう。生活に支障はありません。ですから、もうここには来なくていいです」

できるだけ他人行儀に、珠華は嘯《うそぶ》いてみせる。あとはこちらで勝手にやるので、もうあなたは必要ないと。

白焔が怒ってくれればいい。依頼の報酬がなくなっても構わない。それでも、珠華は彼に傷ついてほしくないのだ。

「……そうか」

白焔の返事はぽつりと小さく、けれどあっさりしていた。

(落胆なんてするな。私にはそんな資格はないのよ)

心の中で強く言い聞かせ、珠華は「では」と続ける。

「わかったら、今すぐ出て行ってください」

「いいだろう、今宵はそなたの言う通りにしてやる」

白焔はそう言うと、さっさと寝室の扉の前に立った。そして一度だけ振り返り、

「だが、皇帝たる俺を意のままにできると思うな」

と、珠華の聞いたことのない冷え切った声で脅しを口にした。

＊　＊　＊

一睡もできないまま、夜が明ける。

朝のうちに、珠華は自分の考えを式神たち、文成と共有した。

「次に呪詛がきたら、呪詛返しを行います」

静かに告げれば、居室内に緊張が走る。

最初からこうしておけばよかった。これはまじない師としての珠華の甘さ、それと怠慢だ。珠華は皇帝に雇われた身なのだから、優先すべきは彼の安全の確保だろう。

「ですが、婕妤……」

いいのですか、と歯切れ悪く問うてくる文成に、はっきりうなずいて返す。

「私は構いません。それよりも、呪詛を使うような人を野放しにしておくほうが問題ですから」

珠華はまじない師だから、呪詛で攻撃されても無事でいられる。でも、大勢の人々はそうではない。呪詛の対処法なんて知らないし、命にかかわる。

明薔の行動はいわば、禁止された強力な武器を振るいながら咎められもせず、平然と暮らしているに等しい。

（明薔が反撃してくることもありえるけれど……）

呪詛返しをすれば、たとえ実行犯が雇った術者だったとしても、依頼主である彼女にも呪いは返っていく。無事では済まない。

よって、たいした反撃はできないはずだ。

――そうして、機会は案外早く回ってきた。

花月宮の居室には、呪詛返しのために必要な、よく磨かれた古い銅鏡が設置されていた。いつ新たに呪詛がきても対処可能なように、準備はできている。

「やはり、間違いなく呂明薔は術者を雇い、こちらに呪詛を仕掛けてきています。疑う余地はありません」

サンの言葉に珠華はゆっくりと首を縦に振った。

呪詛に負けないよう、心を空にする。そうすれば、ぽっかりと浮かぶ虚《うろ》に神気が満ち、精神も肉体も呪詛の負の力を跳ね返すだけの強度を得られる。

迷いなどの雑念は絶対にあってはならない。そのためにサンに最後の確認をしてもらった。

小鳥の姿となったサンならば、まったく怪しまれずに明薔を見張ることができる。

結果は、間違いなく黒。これで気兼ねすることは何もない。

(来る)

刹那、銅鏡が星の瞬きのごとく煌めく。

どこかで、ぴしり、と硬い何かに鞭打ったような音がした。目には見えない、しかし確かに存在する力が、稲妻のごとく駆け抜ける。それらは真っ直ぐに珠華へと向かったが、彼女の身体をいささかも傷つけることはない。

不可視の稲妻はそのまま逸れ、銅鏡にぶつかると反射して、凄まじい速さで来た道筋をたどって返っていく。

あっという間だった。あとには、静寂だけが残った。

「終わった……のですか?」

黙って事の次第を見守っていた文成がぽつりと呟く。式神たち、サンは安堵の息を吐き、ロウは猫の姿のまま部屋の隅で丸くなっていた。

(返った呪詛は、届いたかしら)

明薔のことは殺したいほど憎んでいたわけではない。確かに彼女に嘗めさせられた辛酸に、殺意に近いものが湧いたこともある。それでも、心から死んでほしいと願ったわけではなかった。

正当性は珠華にある。これは決して揺らぎはしないのに、口の中は苦みでいっぱいだ。

「様子を、見て参りましょうか?」

サンの申し出に、かぶりを振った。彼女に人を呪った報いが返ったかどうか、すぐにわかることだ。

にわかに、花月宮の外にさざめきが広がった。壁を隔てた遠くのほうで、悲鳴や、人の駆けまわる音がする。

呪詛返しが上手くいったと悟り、珠華の心の中にはますます苦いものが滲んだ。

「珠華さま」

「ええ、行きましょう」

重たい足取りで、珠華は明薔の許へと向かう。

花月宮から出ると、やはり女官たちはてんやわんやの大騒ぎだった。ただ皆、慌てているが何が起こっているのかわからず、困惑しているようでもある。

珠華とサン、文成の行く道を遮る者は誰もいない。むしろ、珠華たちの姿を見た女官たちは遠巻きにしたり、あからさまに避けている。

はじめて入った明薔の住まいは、華やかで煌びやかだった。金銀、宝石が部屋の内装にふんだんに使われ、まさに神々のための御殿、というような様相である。

広い居室の中、繊細な金糸の刺繍が施された真っ赤な敷物の上に、女がひとり蒼白い顔で倒れ込んでいる。

「ば、ばけもの！」

女――明薔が、声を上げた。

彼女は整った美貌に怯えと憎しみを浮かべて、居室に足を踏み入れた珠華たちを見上げていた。その手足には、先立っての珠華と同じような裂傷があるのか、ところどころ血が染みている。

術者の姿はなかった。おそらくどこかに隠しているのだろうが、命はないかもしれない。

(よほど、腕のいい術者を雇っていたのね)

明薔が生きているということは、術者が彼女を呪詛返しから守ったのだ。優れた技術と高い霊力を持った者でなければ、そんなことはできまい。

優秀な術者を、私怨のために使い潰した彼女に、無性に腹が立った。

「呂昭儀。……私の行った呪詛返しがあなたに返った、その理由を説明していただけますか」

珠華は静かに問う。

——呪詛返し……?

——それってつまり、呂昭儀が?

ひそひそと、微かな囁きが聞こえた。この宮の女官だけではない、ほかの妃嬪に仕える侍女たちなども、野次馬となって珠華たちのやりとりの様子を窺っている。

(この状況で、言い逃れはできない)

呪詛返しが、はじめに呪詛を送った者にそっくりそのまま返す術だということくらい、誰でも知っている。

弁解の余地はない。

痛みと憎しみに震える明薔には、以前のような気高さはどこにもなかった。血が滲むほど強く唇を噛み、乱れた髪を気にする様子さえ見せず、珠華を睨みつける。

「……呪詛返し、ですって？」

「はい。私は、己の身に降りかかる火の粉を払おうと、送られてきた呪詛を術者に返しました。それが、なぜか呂昭儀のもとに。どういうことでしょう」

淡々と、抑揚を削ぎ落とし感情を殺した声音で、重ねて問う。

明薔にもう反撃の手はない。そのはずだ。

(なら、この胸騒ぎは？)

大切な何かを見落としたような、漠然とした不安がよぎる。

すると、明薔はうつむき、血が流れるのさえ厭わず、おもむろに立ち上がった。

「簡単な、話ですわ」

ゆったりとした口調は、どういうわけか彼女が余裕を取り戻したことを思わせる。

そして顔を上げた彼女は、同情を誘う悲しげな表情をしていた。

「わたくしが呪詛など、とんでもないことです。わたくしのような素人に呪詛など扱えません。むしろ、そういったものに精通しているのは李婕妤のほうですわ」

ざわ、と周囲の空気が揺らいだ。

「わたくしや何徳妃は知っていたことですが、彼女はここへ来る前、街でまじない師をしていたのです。まじない師は怪しげな術を使うとか。人を傷つける呪詛など、お手の物でしょう」

「は？　何を……」

明薔が目を伏せると、はらり、と涙が一粒落ちた。

「わたくしは呪詛など使えません。この傷は、李婕妤がわたくしに送った呪詛によりできたもの。彼女のほうこそ、呪詛を使ってわたくしの命を奪おうとしたのですわ」

「な、違います！」

明薔の主張があらぬ方向へ飛び、珠華は慌てて否定した。

とんだ戯言《ざれごと》だ。馬鹿げている。さんざん珠華を呪殺しようとしておきながら、今さら被害者のように振る舞うなんて。

だいたい、明薔が珠華を疎んじていたことを、皆が知っている。それがひっくり返るわけが——。

「正直に申しますと、わたくしは李婕妤に嫉妬しておりました。陛下の寵愛を一身に受ける彼女に。それでつい、つらく当たってしまっていたのです。ですから、彼女がわたくしを憎み、呪っても仕方のないこと」

明薔が誰に語りかけているのか、明白だった。周囲で、聞き耳を立てている女官たち。今まで、明薔が珠華を虐《いじ》めていたと知っている者たちだ。

焦燥に冷や汗が流れた。

「私は人を呪ったりしません！」

「ごめんなさい、李婕妤。わたくしが愚かだったのです。その点については謝罪いたします。けれど――」

明薔は血を流しすぎたのか、身体をふらつかせ、涙ながらに語り続ける。その姿はまた、皆の憐れみを喚起した。

「皆様ご存じの通り、李婕妤は後宮に男性を招き入れた前科がございます。また最近まで後宮を騒がせていた怪異にまつわる一連の騒ぎ、これもまじない師である彼女ならば造作もないこと。解決したのもまた彼女ではありますが、これが陛下の気を引くための自作自演であったと考えれば、辻褄はぴったりと合いましょう」

この罪は決して許されるものではない、と。

珠華にとっては荒唐無稽な明薔の主張だが、どこからか、確かに、という声が上がった。

その通りだ、まじない師なんて怪しい者は信用できない。明薔の言葉のほうが正確に決まっている。そんな囁きが、瞬く間に伝播《でんぱ》していく。

（そんな……）

血の気を失った明薔の顔に、薄らと笑みが浮かんだ。

「違う、私はそんなこと」

——ひっくり返されてしまった。

珠華は自分の言葉が周囲には届かないことを悟った。なぜなら、同じことをずっと経験してきたからだ。貴族と庶民、美しい容貌の者と化け物のような外見の者。多くの人々がどちらの言うことを信じるか、嫌というほど知っている。

「彼女が来てから、後宮は変わってしまいました。それまでわたくしたちは穏やかに暮らしてきましたのに、……っ、このような血の流れる場所になってしまったのです」

痛みに顔をしかめる明薔の身体を、数人の女官が支える。彼女たちは一様に、憎々しげに珠華を睨《ね》めつけた。

違う。

そもそも、怪異は珠華がここに来る前からあった。その解決のために珠華が呼ばれたのだから。明薔の説明では、時系列がおかしい。けれど、誰も気づかない。

否、気づいている者もいるのかもしれないが、誰も珠華を庇おうとはしなかった。

この場はすでに、明薔の独壇場だった。

「陛下の庭を汚した者をこのまま許しておくことなど、どうしてできましょうか。少なくとも、このまま李婕妤を自由にさせておくのは危険ですわ」

「私は無実です！　呂昭儀の言っていることはおかしい。罰を受けるべきなのは、呪詛を送ってきた呂昭儀です」

叫んでも、誰も、珠華の言葉など聞いていない。

振り返ると、サンは今にも明薔に飛びかかりそうなほど殺意を滲ませ、文成は顔色を悪くして何かに耐えるような表情をしていた。

「李婕妤。わたくしたちはあなたの処分を希望いたします。冷宮にお入りになるのが妥当でしょう」

冷宮。

大昔から、妃嬪を罰するために使われてきた場所だ。外界からは完全に閉ざされ、そこに入れられた妃嬪に対しては、どんな非人道的な行為も許されるという噂さえある。環境はすこぶる悪く、そこで命を落とした女たちも少なくない。

「い……っ、いや」

呆然とした珠華の腕が、乱暴に摑まれる。摑んだのは、険しい表情をした見知らぬ女官だった。それだけではない。二人、三人と女官たちが近づいてきて、珠華が身動きしないよう、羽交い絞めにする。

「珠華さまを放せ！」

「呂昭儀！　陛下の許可も得ずにこんなこと、許されませんよ！」

サンと文成の抗議の声が遠い。

けれど文成はともかく、このままではサンはこの場の全員を皆殺しにしかねない。珠華は無理やり腕や手首を摑まれ、押さえつけられる苦痛に耐えながら、必死に自身の式神の力を抑え、「殺すな」と念じる。

ほとんど無抵抗の二人もまた、女官たちに取り押さえられた。

（どうして、こんなことに……）

ふと、目線を上げると遠巻きにしている女たちの中にいる桃醂と、目が合った。しかし、彼女はいかにも興味がなさそうに、すぐに目を逸らした。

（ああ、やっぱり）

もう終わりだ。


この日、珠華の身は自由を奪われ、幽閉された。

五　まじない師は真実を暴く

　ロウは後宮の中を、四つ足で懸命に駆けていた。

　呂明薔と話をつけると出かけて行った珠華たち。けれど一晩経っても二晩経っても誰も戻らず、やっと帰ってきたかと思えば、文成だけだった。

　そして彼も、ふらふらと覚束ない足取りでロウに近づいてきて、膝をついた。

『ぶんせー。ご主人様とサンは』

　ロウは問う。なぜだか、嫌な予感が次々と浮かんで、止まらない。

『ロウくん、本当にごめん……』

　いつもは、なんだかんだと言いながら図太く、何かあってもすぐにけろりとしている文成が、目に涙をためてうつむいている。

　よく見れば、彼の顔や手やあちこちに、赤い蚯蚓腫《みみずば》れや裂傷、青紫色の痣があった。衣服も破れ、血で汚れている。

『……ぶんせー。ご主人様と、サンは？』

『婕妤とサンちゃんは……連れていかれて、しまった』

『どこに？』

訊ねた途端、文成の目からぽろぽろと雫が零れた。

『自分の、せいです。自分が、不甲斐ないせいで。婕妤とサンちゃんはおそらく冷宮に』

『れ……？　どこ？』

ロウは人間の作ったものの名前など、いちいち覚えていない。元より、この花月宮から出ることはほとんどなかったし、後宮の中にもいくつも建物があって、そのすべてに名前がついているとなれば、覚える気も起きなかった。

でも、珠華とサンの居場所なら、気の流れを頼りに瞬時にわかるはずなのに。

(ずっと、何も、感じない)

一昨日から何度試しても、この世から消えてしまったように二人の存在を感知できないのだ。

――ただごとではない。

ロウはひどく後悔した。

これ以上、珠華にがっかりされたくなくて、ここで大人しく待つ選択をしたことを。

留守番を頼まれても、無理にでもついていけばよかった。二人を感知できなくなった時点で、捜しにいけばよかった。

何もせずただ待っていただけの自分が、おそろしく役立たずに思える。

『冷宮は、妃嬪を罰するための場所です。あそこでは、どんな非道なことが行われても皆、目を瞑《つむ》る』

文成の言葉の意味は、ロウにも理解できる。

人間とは、一時の感情に任せ、あらゆる残酷な仕打ちができる生き物だ。珠華はずっと命を狙われていた。きっとたちまち殺されてしまう。

『ぶんせー！　教えて、ご主人様とサンの居場所！　すぐ、すぐに』

焦って訊ねるけれど、文成は首を横に振る。

『行っても無駄です。今は周りを大勢の女官が見張っているはずですから。――ですから、お願いです。ロウくん』

どうか。

文成はロウに跪いて、懇願した。

『どうか、君は陛下の許へ行ってください。自分では、呂昭儀の手の者たちに見咎められてしまうでしょうが、君なら陛下に助けを求められるはず』

陛下、というのは白焰とかいう、ロウの好敵手の呼び名。あの男なら、気の流れを辿れば簡単に見つけ出せる。いけ好かない人間ではあるが、文成が言うなら仕方ない。

『わかった。ぶんせーは、ここで休んでいればいい。おれ、行ってくる』
ロウはすぐさま、花月宮を飛び出した。

猫の俊足なら誰もロウに気づかない。気づいても猫の一匹、誰も何もしてこない。ロウは後宮の外、白焰が執務を行う金慶宮を目指して、ひたすら駆けた。

早く。早くしなければ、珠華とサンが。

回廊に沿うように、地面を蹴って、走る。白焰の気は感知できているのに、そこまでがとても遠く感じる。進んでも、進んでも、距離が縮まっていないような――。

どれだけ駆けただろう。いくつもの門を抜け、ふと、進行方向に人間の足が見えた。とにかく気が急いていたロウは、あわやぶつかりそうになってしまった。

「あれ？　お前、ロウじゃーん」

急停止したロウの頭上で、聞き覚えのある声がした。

「あ……しき」

見上げてみると、思った通り、立っていたのは燕雲のまじない屋の又隣にある乾物屋の息子、珠華の幼馴染の子軌だった。

彼は珠華と昔から交流があるので、ロウのこともサンのことも知っている。ロウが猫の姿で話しても、驚きもしない。

しかし、ここは宮殿の中のはずだ。どうして子軌がいるのか。

「そんなに急いで、どうしたー？」

ロウは子軌にされるがまま、その腕に抱え上げられた。すると、子軌がどこかに向かって手を振る。

「おーい、燕雲婆ちゃん。なんかロウ見つけた」

「ん？　おや、本当だ」

子軌の近くには珠華の親代わりである老まじない師の姿もあって、のんびりとした様子でロウを見ている。

見たところ、やはり周囲の風景は朱塗りの豪華絢爛な建物ばかりで、宮殿の外には出ていないらしい。それなのに、いつもより少し立派な身なりの燕雲と子軌がいて、ロウは混乱した。

「な、なんで……」

「ちょっと俺たち皇帝陛下に用があってさ。あ、もちろんあっちからの呼び出しだかんな。勝手に入ってきたわけじゃないよ？」

子軌が言うと、傍らで燕雲もうんうんとうなずいている。

何が何やらわからないが、行き先は同じのようだ。

「しき、おれも！　おれも皇帝陛下のところ行く！」

子軌の腕を前脚で叩き、必死に主張すれば「わかった、わかった」と苦笑が返ってきた。

「……どうやら、本当に厄介なことになっているのかもしれないね」

燕雲が呟いて、鼻を鳴らす。

ロウはそのまま子軌の腕に抱えられ、彼と燕雲とともに白焰の許へ向かった。

その途中、乾物屋の放蕩息子は首を傾げた。

「そういやロウ、珠華はどうした？　お前があの子のそばを離れるなんて、珍しいね」

「ご主人様、助けないといけない。だからおれ、皇帝陛下のところに行かないと」

「助けるって？」

「さっき、ぶんせーが連れていかれたって言ったんだ。ご主人様、死んじゃうかもしれない。だから」

上手く説明できない。

こんなことだから、自分は失敗するのだ。珠華という素晴らしい才能を持った術者の式神でありながら、それに見合った働きもできず。

ロウが落ち込みながら押し黙ると、子軌に優しく頭を撫でられた。

「よくわかんないけど、まあ気にすんな。焦るのもよくない。占いによれば、今日の珠華は最高に冴えてるはずだからさ。きっと大丈夫だよ。な？」

「……うん。でもご主人様、しきの占いは信じちゃいけないって言ってた」

「ひどい！　せっかくいいこと言ったのに！」

「あんたたち、そろそろ静かにしな。もう着くよ」

燕雲の一声で、子軌とロウは揃って口を閉ざす。

いつの間にか、砂利の敷かれた道から宮と宮とを繋ぐ屋根つきの渡り廊下に入っていた。警備のための兵の姿が目立ち、彼らは皆、鎧に暗黄色の房飾りをつけている。

黄は皇帝の色だ。それを身に着けているならば、彼らは皇帝とその身辺を守る禁軍。

いよいよ、皇帝である白焔のそばまで来ているということだろう。

(あいつ、ほんとに偉い人間だったんだ)

ロウの知っている白焔は、やたら珠華にべたべたと馴れ馴れしく接し、常に自信満々な阿呆だ。しかし、これほど多くの人間に大事に守られているならば、真実、貴い身の上なのだろう。

「燕雲仙師《せんし》と、張子軌殿ですね。お待ちしておりました」

ロウたちの進む先、廊下の真ん中にひとりの青年が禁軍の兵を従えて三人を出迎えた。

青年は、皇帝に近しい高官が着ることを許される、諸所に紫色を用いた官服に身を包み、にこやかに会釈する。次いで、子軌の腕の中のロウを一瞥した。

「その猫は……」

「あ、こいつはそっとしておいてくれません？　ちょっと訳ありなんで」

子軌がぽす、ぽすとロウの頭を小突きながら言うと、青年はなぜか得心した様子でうなずいた。

「なるほど、もしかしてその猫が珠華さんの式神のロウ、ですね。……申し遅れました。私は陛下の側近をしております、宋墨徳と申します。すべて陛下から伺っておりますので、どうぞそのまま、こちらへ」

青年――墨徳の対応に、燕雲と子軌は「おや？」と顔を見合わせ、彼のあとをついていく。すべて、というからには、ロウのことも承知しているのだろうか、と。

墨徳がある部屋の前に立つと、左右を固めていた兵が恭しく扉を開ける。

「よく来た、燕雲仙師、それから張子軌」

部屋の中では、悠然と椅子に腰かけた美男子が待っていた。――白焔だ。

ロウは夢中になって子軌の腕から飛び出し、彼の前に躍り出る。そして、力いっぱいに訴えた。

「お願いだ、ご主人様を！　ご主人様を助けて！」

「おい、ロウ」

叫びを聞き、制止しようとする子軌を視線で押しとどめてから、白焔はゆっくり立ち上がって小さな身体を抱き上げた。

「元気だな。……そう案ずるな。珠華ならば問題ない。昨日のうちに手を回して、なんとか冷宮入りは阻止したからな。今頃は文成にも知らせが届いているはずだ」

「でも、でも」

「大丈夫だ、わかっている」

白焔は意味深にうなずき、燕雲と子軌のほうへ向き直る。

「この事態を解決するためには、そなたらの協力が必要だ」

「……いや、この事態って」

どの事態？　と首を捻る子軌に、墨徳が苦笑しながら説明を始める。

ロウはその様子を白焔の膝の上で、抑えきれない焦燥とともに聞いていたのだった。

＊　＊　＊

狭い。そして薄暗い。

窓はすべて内から外から何重にも木板を打ちつけて塞がれ、日光も差さない。空気はどこか黴《かび》臭い上に埃っぽく、長らく人間の出入りがなかったのは明らかだ。備えつけの家具も皆、触れれば崩れ落ちそうなほど劣化しており、分厚い埃に覆われている。唯一、部屋と外界とを繋ぐ扉は今、外側から閂《かんぬき》で閉じられ、さらには鎖で固定されているらしかった。

（後宮の敷地内にこんな場所があるなんて驚きよね……）

珠華は朽ちかけの机に頬杖をつき、特大のため息を吐いた。

ここは、冷宮——ではない。

後宮の片隅にある、物置と見紛う寂れた小さな宮だ。珠華はよくわからない成り行きでここに監禁されることとなった。

いや、よくわからないというのは嘘だ。

明薔によって、いよいよ冷宮に放り込まれそうになった、すんでのところで白焔からの伝言があり、なんとか最悪の状況は回避できたのである。混乱に次ぐ混乱で、事態の把握はあやふやだが。

しかし代わりに閉じ込められたこの小さな宮は……むしろ珠華にとっては、冷宮よりこちらのほうがまずかったかもしれない。

「それにしても、まさか、呪術の類をすべて封じられるとは思わないわよ。というか、さすが後宮。まじない師を完全に無力化する施設があるなんて、本当に鬼畜」

監禁されて、すでに三日目。

この厳重に閉じられた空間を、身体能力で突破して脱出するのは早々にあきらめた。親の仇のように釘を打ち込まれた木板を外すのはどう考えても無理だし、まして、扉も蹴破れるような柔な作りではない。珠華の見立てでは、おそらく鉄板か何かが仕込まれている。

よって、呪術を用い、壁に穴でも開けようかと試みたのだが。

「すごいですね。わたし、うっかり消されるかと思いました」

ぴぴ、ぴーと囀りながら、サンがぼやいた。

彼女はすっかり薄紅と白の羽を持つ、小鳥の姿に戻っている。その理由が、この宮にあった。

まじない封じ、とでも呼ぶのだろうか。

まじない師がまじないを使うために必要な霊力の操作を阻害され、神気を薄れさせる仕掛けが、この宮には施されているらしいのだ。つまり、中にいる者が呪術を使えないようになっている。

当然、呪術の行使によって生み出されている式神のサンも影響を受けないはずがなく、なんとか形を保っているものの、人の姿に変化できなくなった。

隙を見てこっそり彼女を小鳥に戻し、懐に入れて連れてきたはいいけれど、こんなことなら置いてくれればよかったかもしれない。

「私も肝が冷えたわ。……でも、珍しい仕掛けよね。まじない封じって」

少なくとも、珠華は見たことがない。現在では失われている技術の可能性がある。すなわち、珠華にもさっぱり解除方法がわからないため、呪術を使えず、手詰まりというわけだ。

「呪術を封じるための呪術、というべきかしら。まあ十中八九、中からは解除不能でしょうけど」

ここは、明らかにまじない師を閉じ込めておくための場所だ。内側からどうこうできたら意味がない。

「珠華さまならば、力づくでどうにかできませんか？」

「無理ね。自爆攻撃でもしなきゃ破れないわ、きっと」

完全にお手上げだ。珠華はぐっと伸びをして、空を仰ぐ。

そもそも、後宮にこんな場所があるのもおかしな話だ。専用の檻を作らねばならないほど後宮で悪さをするまじない師がいたとは、とても考えがたい。

昔は今よりもっと神が身近で、まじない師もたくさんいたと聞く。それにしたって、まじない師が皇帝の妃になった例は多くないだろうし、仮に明薔のように術者を雇っていた妃嬪が何人もいたとしても、そのためにわざわざ宮を一つ用意するなんて、ありえない。

雇われ術者など、悪さをした時点で殺されて終わりだ。

「暇ねえ。考え事くらいしかすることがないわ……。これから、どうしようかしら」

「大人しく、出してもらえるまで待つしかないのでしょうか？」

「それだと、大いに困るんだけど。すぐにでも脱出しないといけないのに」

そう、こんなところでぐずぐずしている暇は、たぶんない。

考えはまだ完璧にはまとまっていないけれど、珠華の予想が正しかった場合、最悪の事態に発展するかもしれないのだ。

食事は運ばれてくるし、生活に必要なものは一式揃っているから、埃っぽいのを我慢すれば困ることはないけれど、のんびりとしてもいられない。

「あの、珠華さま」

「どうしたの、サン」

珠華は、おずおずと声をかけてきたサンに視線を戻した。

「わたし、その、どうしてこんなことになったのか……よくわかっていないのです。要するに、すべての元凶は呂明薔だったのですよね？」

「まあ……いえ、すべての元凶というならば、彼女は当てはまらないわ」

なんとなく、散らばった自分の思考を収束させるように、口にする。

予想の根底にあるのは単なる珠華の推測で、確固たる証拠はない。たぶん正解だろうとは思うけれど、裏づけをとらない限り妄想の域を出ないものだ。

「でも、そうね。他にできることもないし、少し、一連の出来事を整理してみましょうか」

——始まりはやはり、後宮で起きた怪異騒ぎだ。

「考えてみれば、おかしな話なのよ。実際にその怪異をはっきり見たのも、被害にあったのも桃酥様とその侍女だけっていうのが」

珠華は、机の上の燭台に灯された火をぼうっと眺めながら、呟いた。

主人の手元にちょこん、と止まっているサンは、これに疑問を投げかける。

「そうですか？　目撃情報はほかにもありましたよ。犬だったとか牛だったとか。気味悪がっている人間たちもたくさんいましたし」

「そりゃあね。後宮の中でおかしな鳴き声が聞こえていたのは事実みたいだし、窮奇がいたのも本当。でも、彼女たちが見た化け物の影や聞いた鳴き声は、私たちが退治した窮奇のものだったのかしら？」

違和感はそこかしこにある。

目撃情報にしても、内容がばらばらだった。あのときのサンの報告はよく覚えている。

姿を見た者はごく少数で、見た者もどんな特徴だったかまではわからない。大きな犬だったという者もいれば、言われてみると牛に似た姿だったかもしれないという者もいる、と言ったのだ。

「犬だった、と断言した人はいたのに、牛だった、と断言した人はいなかった。言われてみれば牛に似ていた、と証言したんでしょう？」

「あ、そういえば……」

犬の鳴き声を聞いた、という証言は女官たちと桃酥で共通していた。でも、その姿については大きな犬と牛とで食い違っている。

「牛に似ていたかもしれないと証言した女官に、サン、あなたは最初こう聞いたんでしょう。『牛のような化け物を見なかったか』もしくは『目撃した化け物は牛のようではなかったか』って」

「う……そう、かもしれません」

「聞き取りをするならば、先入観を与えてはいけないわ。――たぶん、その女官が見たのは大きな四つ足の影だった。だから本当に牛だったかどうかはわからない。つまり、犬だったかもしれないってこと」

いや、おそらくその影は犬だったのだ。それも、とても大きな。

「この後宮には、妖怪が二種類いたのよ。犬の声で鳴く牛と、犬の声で鳴く犬」

「犬の声で鳴く犬とは、犬なのでは？　何徳妃が飼っていた小白という可能性も」

その通り、と珠華はうなずく。

サンの疑念はもっともだ。犬のように鳴く犬の姿をした何かとは、犬でしかない。

そして、後宮には小白がいたのだから、一見、何も不思議なことなどありはしないのだ。

「でも、小白の身体は小さかった。犬の鳴き声って、身体の大きさで違うわ」

小さな犬は甲高い声で鳴き、大きな犬は低い声で鳴く。また、珠華たちが退治した窮奇は低い声で鳴いていたし、桃酥ははっきりと、小白の声と化け物の声は違っていたと語った。

「なんだか、混乱してきました」

「後宮には大きな身体で、低い声で鳴く犬がいたということよ」

「ううん……そうですか？　犬の声で鳴いていたから大きな犬がいた、と言っただけで、本当は皆、牛の影を見ていたのかもしれませんよ？　普通、牛の姿で犬のように鳴く生き物がいるなんて思いませんし」

鋭い指摘に、ため息が出た。

「そこを突かれると痛いのよね……。でも、そう考えると辻褄があうから、私はこの説を推すわ」

「はあ」

後宮に、大きな犬の姿の妖怪がいたと仮定する。では、窮奇とその妖怪はいったいどこからどうやって現れたか。

ここで、必要な材料が小白の特徴だ。

「桃酥様の飼い犬だった小白は、名前は白なのに毛並みは黒だった」

不自然な名づけである。桃酥の趣味、といってしまえばそれまでだが、彼女と付き合ってみて、そんな捻くれた思考の持ち主だとはまったく思えなかった。

ならば、黒い愛犬に白と名づけた、彼女の真意は。

「印象の操作よね。最初に聞いたときは変だな、と思っても、ずっと小白と呼んでいるうちに、想像の中の桃酥様の愛犬は白くなっていたもの。私たちは、小白の本物を見ていないから」

さらに、サンが偶然、小白を知る人物から情報を得られたからよかったものの、そうでなければ珠華はずっと小白が白い犬であると考えて、疑わなかっただろう。

珠華は頭の中を整理しながら、顎に手をやった。

「桃酥様は、自分の飼い犬が黒かったと知られたくなかった。その特徴が、何か重要な意味を持つから」

「毛並みの色が、重要な……？」

ひとつ、心当たりがある。もし、桃酥の愛犬が普通の犬ではなかったとしたら。

ふと、珠華は口を閉ざして外に耳をすました。

「──ねえ、聞いた？」

若い女の声だ。おそらく女官だろう。

ここの壁は案外、外界の物音をよく通す。すぐ近くで誰かが話していれば、かなりはっきりと会話の内容を聞き取ることができた。

「聞いたって、何を？」

また別の女の声が問う。

「ほら、そこの宮に『名ばかり婕妤』が入って三日になるじゃない？」

「そうね。……陛下の御温情で冷宮は免れたって聞いたわ」

珠華は聞きながら、目を細めた。『名ばかり婕妤』なんてあだ名は初めて聞いた。その通りではあるが、陰でずっと呼ばれていたのかと思うと、居たたまれない心地だ。

とりあえずこの際、陰口は聞き流すことにして、噂話の続きに聞き耳を立てる。

「そうそう。それでね、今、陛下は何徳妃のところに通われていらっしゃるんですって！」

「まあ。本当に？」

「本当、本当。陛下は朝までゆっくり何徳妃のところで過ごされるそうよ。仲睦まじそうにしてらっしゃるって、何徳妃のところの子に聞いたわ」

「じゃあ、もう皇后は決まりじゃない。やっぱり、『名ばかり婕妤』様のことは陛下の気まぐれだったわけね」

「当たり前よ。庶民が寵妃だなんて、ねえ──」

息が、詰まる。

自分でも理由がわからないまま、冷水を浴びせられたように血の気が引いて動けない。

（……桃酥様）

珠華が明薔に無実の罪を着せられ、捕らえられたときの、彼女の逸らされた目が忘れられない。まるで遠くで見知らぬ者の捕り物を見物する、野次馬みたいな振る舞いだった。

珠華が固まっている間も、二人の女官の会話は続く。

「結局、呂昭儀も脱落してしまったしね。怪我をしたから仕方ないけど」

「何徳妃の一人勝ちかあ。でも、なんとなく納得だわ」

「もしかして、何徳妃が『名ばかり婕妤』の味方をしていたのも、作戦だったりして」

「ああ、ありえるわね。陛下の信頼を勝ち取るために……ってね」

「やだ、何徳妃ったら策士ねえ」

あはは、と笑い合う声が徐々に遠ざかる。

爪が食い込むほど強く握っていた手のひらを、深く息を吐きつつゆっくり解いた。

「珠華さま……」

「変よね。あんな噂に動揺することなんて、何一つないのに。別に白焔様が誰のところに通っていたって、私には関係ない。むしろ、呪詛が解けてよかったって、喜ぶところなのに」

裏切られた、そんな気持ちになる必要はどこにもない。そう思う資格もない、権利もない。だって全部、さっきの女官たちが噂していた通りだ。珠華はただの庶民で、まじない師、そして期間限定の偽の妃。

不安そうに瞳を揺らして見上げてくるサンに、なんとか微笑んでみせる。

「平気よ。私、別に白焔様に特別な思い入れがあるわけじゃないもの。それに、桃醂様だって――」

珠華はそこまで言いかけて、今度は違う意味で顔を青ざめさせた。

「馬鹿じゃないの、私！　もっと心配すべきことがあるじゃない！」

こうしちゃいられない。女官たちの噂が事実なら、もはや一刻の猶予もない。

しんみりした気持ちはどこへやら、今は焦りと不甲斐なさで暴れ出したい衝動でいっぱいだ。

急激な珠華の変化に、サンは目を白黒させる。

「しゅ、珠華さま、いったいどういう……」

「大変なのよ！　依頼主に死なれたら私のまじない師としての誇りはずたずた！　しかもこんな嫌な思いまでしたのに、本当に報酬がなくなっちゃう！」

最悪！　と頭を抱え、しかも八方塞がりの現状にさらに苛立ちが募る。

三日ものうのうと監禁生活を満喫してしまった。どこかで、白焔は自分以外の誰かの許へ行くことはないのではないか、と思い込んでいた。だから、彼が彼女に近づきさえしなければ、なんとか危機は脱せるはずと考えていたのだ。

「ともかく、早くここから出ないと。サン、なんとかして脱出できないかしら」

「なんとかって……珠華さま、それはここに来た初日にさんざん考えて、試して、無理だと判断されたではないですか」

サンにやや呆れ気味に言われ、珠華は唇を噛む。

呪術は使えない。壁はさほど頑丈ではなさそうだが、物理で突破するのは道具がないと難しいだろう。

「でも、このままじゃ」

「珠華さま」

「どうしたの？」

「何か、変な音がしませんか」

サンがじっと下を向いて言う。

確かに、耳をすましてみると物音がした。それも、足元から。ずり、ざり、と砂っぽい地面を何かが這いずるような。

「……これ、何の音？」

「わかりません。でも、嫌な感じはしない……と思います」

物音はだんだんとこちらに向かってきている。思わず、珠華は身震いした。まじない師として怪異の類には縁があるが、特に怪談に耐性があるわけでは、ない。つまり。

（こ、怖い！）

少しでも音から離れようと、壁際に寄って身を固くする。さらに手の中にサンを握りしめた。

「珠華さま、苦しいです」

「ご、ごめん。でも、ちょっとだけ」

辛抱して、と懇願すれば、サンは身じろぎをやめた。

ついに音は部屋の床のある一点で止まり、今度は床板ががたがたと鳴り始める。

「ひぃ……っ」

がたがた、がたがたと激しく床板が揺れる。この密室で、おまけにまじないがいっさい使えない状態で化け物と対面するなど、完全に詰みだ。

(どうする!?)

珠華が身構えた瞬間。

がこん、と大きな音を立てて床板の一部が外れ、人間の頭が現れた。

「よ、珠華。元気か?」

現れた頭部は、なぜか珠華のよく知る人物の顔をしていた。

女受けのする、やや垂れ目の甘ったるい容貌。それは間違いなく、珠華の幼馴染の張子軌のものだった。

「どうして、ここに……乾物屋が」

「ちょ、その言い方!　一気に格好悪い感じになるから!」

大袈裟な言い様、どうやら本物の子軌のようだ。

この男が後宮に入れた理由とか、珠華がここにいるのを知っている訳だとか、気になることはたくさんある。

けれど、何より幼い頃から見慣れた顔を見たら、急に安堵が押し寄せてきた。

「珠華、困っているみたいだから助けにきたよ」

「……うん」

返事をしながら、珠華の胸の中で「なんだ、本当に子軌が助けにきたんだ」という思いが起こる。

（なんだって、何よ）

まるで、子軌が来たことに落胆しているみたいではないか。いったい、自分は何を期待していたのだろう。

「なんか、がっかりしてない？」

子軌は床下からよいしょ、と上がりながら、唇を尖らす。珠華は図星を突かれた内心の動揺を隠し、「そんなことないわよ」と素っ気なく答えた。

「本当かなあ」

「しつこい。……で、助けに来たって言ったけど、あんたいったい、どこから来たの？」

子軌が出てきた床下を覗き込めば、人一人がなんとか匍匐《ほふく》で移動できそうな地下通路がずっと続いていた。

暗くて、どこまで続いているのか見えない。

「待った。その前に、届け物があるから」

「届け物？」

「そう。――ほら」

子軌は抱えていた布包みを解く。すると、中から転がり出てきたのは、黒と白の毛色をした小動物だった。

「ロウ」

珠華が名を呼ぶと、ぴくり、と小さな身体が震えた。直後、ぽた、ぽた、と木の床板を雫が濡らし始めて、ぎょっとする。

「ど、どうしたの？　ロウ」

「ご主人様、ごめ、ごめんなさい……っ。おれ……おれ、式神のくせに、役立たずで」

「な、泣かないで。ロウは、役立たずじゃないわよ」

いつものんびりして、落ち込むのとは無縁の式神であるロウの珍しい姿に、珠華のほうが慌ててしまう。

なんとか慰めるけれど、一向に泣き止まない。それを見ていたサンが珠華の掌中を逃れ、ロウに寄り添った。

そして、ぴーぴーと厳しく叱咤する。

「めそめそしないの！　これから取り戻せばいいでしょ」

「でも、サン……」

「珠華さまの力になりたいなら、泣いて困らせてはいけないじゃない。妖怪退治ならあなたのほうが向いているんだから、しゃんとして」

「うぅ」

　ロウは前脚で器用に涙を拭い、前を向いた。

「ご主人様、おれ、これから頑張る」

「うん。よろしく、ロウ。頼りにしているから」

　話がついたところで、子軌がやれやれ、と肩をすくめる。

「やっと落ち着いたか。ロウってば、焦りまくって皇帝陛下にまで食ってかかるんだもんな。こっちがひやひやしたよ、まったく」

「ごめんなさい。世話をかけたわね」

「ごめん、しき」

　珠華とロウが揃って謝れば、子軌は「いいけど」と笑った。


　その後、事情を確認したところ、子軌とロウがここへ来ることになったのは白焔の計らいであることがわかった。

「皇帝陛下は、かなり正確にいろいろ把握しているみたいだったよ。それで、呂明薔だっけ、そいつが雇った術者を処理するために燕雲婆ちゃんが呼ばれて、幼馴染が助けに行ったほうが珠華が安心するだろうって俺も呼ばれた」

「やっぱり、がっかりしてるじゃん」

「……そう」

「してない。珠華がどんなに言い張っても、胡乱《うろん》な目で見られるだけだ。

皇帝である白焔に助けに来てほしかった、なんて、子どもじみた我儘《わがまま》でしかないし、実際にはそんな身体を張るようなことはしてほしくない。

正直、矛盾する気持ちに戸惑うほうが大きい。

「でもさ、皇帝陛下が言ってたよ。――呪詛が解けるまで、絶対に君を逃がさない。皇帝たる自分を振り回したことを絶対に後悔させてやるから、それまで離れることは許さない、ってさ」

「白焔様が？」

「うん。珠華のこと、大事なんだな。皇帝陛下は。これって、君をずっとそばに置いておきたいって意味だろ？」

珠華の心に、いつの間にか温かいものが満ちていた。

あんなことを言って、きっと白焔を傷つけた。それなのに、まだ必要としてくれているのだ。どうしてこんなに、あの人は珠華に自信を持たせてくれるんだろう。

子軌がつまらなそうにむくれる。

「あーあ、いよいよ珠華も幼馴染離れか。寂しいけど、ま、いいことだしね」

珠華の世界が広がったってことだもんな、と屈託なく笑む幼馴染に、自然に頭が下がった。

「ありがとう、子軌。助けに来てくれて……味方でいてくれて」

「いいよ。じゃ、そろそろここから出るか。早くしないと日が暮れる」

ぐっと伸びをして言う子軌。なんてことはないような口調だが、いったいどうやって脱出するのだろう。

「脱出するなら、外から開けてくれればよかったじゃない」

「だって君、問題なく外から扉を開けられるような味方、いないじゃん」

幼馴染の容赦ない物言いは、ぐっさりと珠華の心に突き刺さった。

でもまったくその通りだ。文成はかなり怪我がひどいと聞いたし、白焔が自ら動くのは何かと障りがある。そもそも、後宮では白焔と宦官以外は男性がいっさい出入り禁止なので女性に頼むしかないが、味方になってくれる女官などいない。

「……なら、その地下通路を使う？」

珠華が問うと、子軌は「いいや」と首を振った。

「この通路、後宮の外に続いてるんだよね。だから俺は通路を使って戻るけど、珠華は普通にここから出なよ。まだ後宮でやること、あるだろ？」

やること。そうだ、珠華が自分の手で決着をつけるべきことが、ある。予想が正しければ、後宮にはまだ妖怪が残っているはずだから。

「でも、ここから出るのは無理じゃない？　壁を壊せるような道具を持っているの？」

すでに考えられる脱出方法は試みた。けれど、どれも失敗に終わっている。

するると、子軌は物凄く得意げな顔でにんまりと笑い、懐を探って何かを取り出した。

「じゃーん！　これさえあれば、どんな病や呪いも一瞬にして浄化する！　すなわち、呪術もあっという間に解けてしまう優れもの！」

高らかに掲げられたのは——。

「あー！　その指環！」

間違いない、白焔にぞんざいに放り出され、子軌にかっさらわれた憐れな伝説の指環……の、模造品だ。

（んん？　模造品？）

子軌が指で摘まんで掲げ持っている指環に近づき、まじまじと観察する。

見た目は前と何も変わっていない。表面はつるつるに磨き抜かれ、ちゃんと手入れされていたのか、くすみもない美しい逸品だ。

しかし、これはどうしたことだろう。

「最初に見たときと、全然違う」

白焔が店に持ち込んだときは微塵も特別な力を感じない、綺麗なだけの指環だったはず。けれど今は、まるで日光を直視してしまったときのように、感覚が麻痺しそうなほど強くてきつい力を感じる。それこそ、伝説と呼ばれるに相応しいくらいだ。

最初に見たときにここまでの力を放っていたら、珠華も燕雲も間違いなく本物と判断しただろう。今のこの指環には、確かに浄化の力があると断言できる。

「本物だったんだ……」

信じられない気持ちと感動で、呆然とする珠華の手に、子軌は指環を押し付けてきた。

「俺にはなんだかよくわからないけど、これを使えば出られるだろ？」

「う、うん。でも子軌、どうして」

「いいから、いいから。細かいことは後。それ、珠華にあげるからさっさと脱出しなよ。大丈夫、今日の珠華の運勢はすごくいいからさ」

子軌はそれだけ言うと、相変わらずのへらへらとした調子で「じゃーね！」と床板の外れた穴に飛び込み、姿を消してしまった。

どうして普通の指環が伝説の指環に変わっているのか、どうして子軌はこの指環で解呪ができるとわかったのか、もしかして最初から指環が本物だと気づいていたのか――。

訊きたいことがたくさんあったのに、逃げられてしまった。

(子軌のやつ……)

全部終わったら、絶対に問い詰めてやる。

「サン、ロウ。行くわよ」

そして、珠華は三日ぶりに外に出た。

＊　＊　＊

桃酥は、たくさんの白い花を咲かせた躑躅《つつじ》の枝を腕に抱え、夕方の後宮を歩いていた。

向かう先にあるのは、ひっそりと静かな霊廟だ。

千年の昔からあるのだというこの霊廟には、女神が祀られている。陵国の民にとって、もっとも身近な女神を祀った廟は今なお愛され、供物は絶えることなく、手入れを欠かさない。

桃酥は春の花の中で、桃が一番好きだ。ありきたりだけど、自身の名でもある可愛らしい花が好ましい。だから、本当は桃の花を持ってきたかった。

(今は、無理だもの。仕方ないわ)

魔は桃を嫌う。ゆえに、魔を飼う桃酥は桃の木に近づけない。

そっと、霊廟の前に躑躅の枝を供える。そして袖を翻し、目を閉じて合掌した。願掛け、というほどのものですらない、これはただの、桃酥にとっての気休めだ。

どのくらい、手を合わせた頃か。

背後で、砂利を踏む微かな足音がした。

「桃酥様」

呼びかけてくる澄んだ声は、このひと月足らずの間にすっかり慣れたもの。

桃酥がゆっくりと振り返ると、予想に違わぬ少女が立っていた。その肩には小鳥が止まり、足元には猫がいる。

「……珠華さん」

美しい、と思う。

夕日の橙《だいだい》に染まった艶やかな白髪に、紅玉のごとき瞳はきらりと輝く。浮世離れした色彩を持つ少女の、圧倒的な存在感に何度息を呑んだことか。

「ねえ、知っている？」

桃酥は問う。

「この霊廟に祀られている星姫娘々と初代皇帝は、恋仲だったというおとぎ話があるの」

「ええ……知っています。よく」

まじない師である珠華は、伝承に詳しい。きっと知っているだろうと思ったけれど、あえて問うたのはきっかけが欲しかったから。

即位まで長い間、初代皇帝を支え続けた巫女は、まだ若い少女だった。ともに戦い続けた若い男女が、恋人同士だったとする説が生まれるのは必然だろう。

けれど。

「いくつかあるお話の、どれも悲恋なのよね」

皇帝と巫女が恋仲だったとして、二人が結ばれなかったのはれっきとした史実だ。皇帝は国のためにたくさんの妃を娶り、巫女は若くして命を落とした。

桃醂は、ふ、と息を吐いて、霊廟を振り返る。

「……愛する人のために後宮を作るって、どんな気持ちかしら」

星姫娘々の生前の最後の仕事は、皇帝のために後宮を整えることだった。恋人が、自分以外の多くの女性と過ごすための場所を築いた彼女の心には——いったい、どれほどの苦悩があったことか。

そんな、悲しい決意を想像するだけで胸が締めつけられる。

「おとぎ話に、自分を重ねているんですか」

静かながら辛辣な珠華の物言いに、思わず笑ってしまう。

どうやら、彼女にはもう桃酥の企みはお見通しのようだ。きっと、ここで取り繕っても断罪される時は近い。

ゆえに、桃酥はあっさりと首肯した。

「そうね」

「愛する人のために後宮を作った人と、愛する人のために後宮に入って殺人を企てる人は全然違いますよ」

「厳しいのね」

珠華がため息をつく。

「――あなたは、墨徳様を皇帝にしたかったのですね」

「ええ」

「そのために、白焰様を害そうとした」

「ええ、その通りよ」

ずっと、願っていた。墨徳が玉座に就くことを。

桃酥は昔から恋物語が好きだ。けれど大貴族の娘に生まれ、物語の主人公のようにはなれないのだと幼い頃に悟った。

貴族の世界では、恋愛の優先順位など低い。習い事だなんだと、窮屈な毎日が死ぬまで続き、愛し愛されることなく心を殺したまま生きることに絶望した。

どうしようもなく寂しかった。

（でも、墨徳様といるときは幸せだった——）

墨徳は若いのに博識で、大人だった。

桃酥が知らないことを何でも教えてくれ、多忙な両親の代わりにつらい稽古事にくじけそうになる桃酥を褒めて、頭を撫でてくれる。たくさんの言葉をくれる。

『桃酥は、いい子だね。きっと将来誰もが羨む姫君になれるさ』

『桃の花みたいに可愛い桃酥、眠れないなら私がずっとついているよ』

『大丈夫だよ、桃酥。君のように素敵な女の子は、必ずとびきりの男に愛されるはずだから。——そうでなかったら、私のところへ嫁にきたらいい』

憧れていた優しい人の温かい言葉を、桃酥は絶対に忘れない。

同時に、いつも努力を怠らず、桃酥のようにまったく違う境遇の者の心に寄り添える彼こそ、皇帝に相応しいと思ったのだ。

傲慢なばかりの白焔とはまったく違う、最も適格な皇帝の器。

（わたくしは、ずっと彼の隣に並び立つことだけを夢見て、頑張れたの）

墨徳の言葉だけが支えだった。彼の言葉、彼と一緒に過ごした思い出……それがあったから、貴族としての厳しい教育や、憂鬱な貴族同士の社交に耐えられた。

自分を磨き続けて、いつか彼の隣に立つのだと。それが皇帝と皇后としてだったらと。願い続けていた。

そうして、皇后になれるほどの理想的な姫君を演じ続けた。

(夢見がちと言われても構わない。わたくしは、墨徳様がいい)

最悪、桃醂が皇后になれずとも、あの優しさとぬくもりに溢れた人が国の頂点であってほしい。桃醂を冷たい場所から救ってくれたように、彼なら多くの人に慕われ、温かい国を作ってくれる。

そのためなら、なんだってできるのだ。桃醂には積年の覚悟がある。

白焔と墨徳の間でいくら話がついていようと、関係ない。白焔の地盤が固まり切っていない今ならまだ、間に合うはずだったから。

桃醂は肯定を返しながら、珠華の推論に耳を傾けた。

「おそらく……少なくとも毒入り棗と水差しの水に毒を入れるよう指示したのは、呂明薔ではなくあなたですね？　それも私を狙ったものではなく、花月宮を訪れる白焔様を狙って仕込んだ罠だった。私が後宮に入った初日の夜に白焔様のお渡りがあったから。そうだとすれば、たぶん毒針も」

「どうしてわかったの？」

「毒棗については、中途半端だったからでしょうか。私を狙うなら、あんな私が食べるとも限らない底の数粒の干し棗などではなく、もっと確実な食材に毒を仕込むはずですし、だとすれば意外と過激な思考をする呂明薔の仕業には思えませんから。彼女ならもっと堂々とやるでしょう。あなたの、様子見の一手だったんだと思いました」

「……そう」

「でも、決め手は水差しの水です。最初の干し棗の件以来、飲食物への毒の混入には細心の注意を払っていました。でもあの夜は、一緒に食事をしたので、あなたやあなたの侍女は飲食物に触ることができた。いつでも毒を入れられる状況だったんです」

しかり。あれは一か八かの手だった。

水差しは毎晩使っているものだから警戒の度合いが低く、さらにあからさまに怪しげな葡萄酒を囮として用意すれば気が逸れて、毒殺が成功する確率は高かったはずだ。

一方で、毒が入っていることがばれた場合は、桃醂へと繋がる重大な手がかりとなってしまう。

「なぜ、水差しに毒が入っていると気づいたのかしら」

首を傾げて疑問を呟けば、珠華は律義に「それは」と言葉を続けた。

「まじない師ですので。気の流れを読めば、不自然なものは案外すぐにわかります。……あのとき、すぐにあなたが犯人だと気づきました。あの水差しにこもっていたのは、私への嫉妬ではなかったから」

珠華に向かう嫉妬や憎しみではなく、白焰に向かう恨み。確かにそれは、明薔になくて桃酥にあるものだ。

　こうなると、まじない師の力は反則だろう。珠華がまじない師でなければ、上手くいったものを。

「それと、花月宮であぁいった機会があれば、あなたも何か行動するかもしれないと考えていました。標的が私でも白焔様でも、好機ですから。まさか、本当に毒を入れられるとは思いませんでしたが」

　予想だにしなかった発言に、桃酥は目を見開いた。

　よもや、自分は誘い込まれていたのか。

「わたくしを信用していなかったということ？」

「まあ……はい」

　珠華は言いにくそうに、渋々、といった調子でうなずいた。

　すっかり友人としての信頼を勝ち得ているつもりだった。だが、実際には訪ねていった桃酥を迎え入れることで、珠華は桃酥の本性を暴こうとしたわけだ。

　してやられた口惜しさが、ほのかに胸中を漂う。

「呂明薔の存在は、あなたのいい隠れ蓑でしたね。彼女が私を狙うから、花月宮の毒騒ぎは全部、彼女の仕業と思わせることができたんです。違いますか」

「……仰る通りよ。元より、彼女を焚きつけたのはわたくし。あなたにひどく嫉妬しているようだったから、匿名で術者を贈ったの。そうしたら、上手い具合に動いてくれたわ」

嫉妬に衝《つ》き動かされる明薔は、実に使いやすい駒だった。ただ見ているだけで、どんどん罪を被ってくれるのだ。

おかげで、嫌がらせから庇うだけで簡単に珠華に近づけた。

(結局、近づけただけで、心を許してはもらえなかったようだけれど)

密かに自嘲する。

珠華の懐に入り込むのは上手くいったし、あとは白焔に接近し仕留めるだけと思っていたのに、とんだ勘違いだったようだ。

しかも、せっかく作った当の白焔を害する機会も結局は、様子を窺い、白焔と互いに無言で牽制しあううちに逸してしまった。桃醂を毒殺未遂の現行犯で捕まえるため、白焔がわざと桃醂の宮に通い、隙を作ってみせていたのは明らかだったので、不意打ちできる好機を狙っていたのだが。

「桃醂様」

「なにかしら」

じっと佇む珠華が、ふいに目を細めた。

その仕草は驚くほどの鋭さを含み、生粋の高貴な姫である桃醂が気圧されるほどだ。

なんでもないふりをするので、精一杯だった。

冷や汗が、背筋を伝う。

「あなたが飼う魔を、出してください。今、すぐに」

「なんのことかしら」

「化け物を使役するのは、あなたが考えているほど簡単なものではありません。このままでは――食われますよ」

珠華の口調は確信に満ちている。このままでは、と桃酥は唇を嚙んだ。

術者の助言を参考に、妖を使役する術を得た。そして、強力な妖を眷属として従え、後宮に入れたのだ。すべては、白焰を殺すために。

切り札だった。だから、あっさり失うことがないよう危険を冒しほかの妖――窮奇を目くらましとして招き入れても、その手札を保持し生かす道を選んだ。

あるいは、窮奇が白焰を殺してもよかったが、あれは呆気なく倒されてしまった。

「本当に、ここで出してもいいの？　あなたを襲わせるかもしれないわ」

桃酥がそう、脅した瞬間だった。

ざわ、と悪寒がした。次いで、吐きそうなほどの圧迫感が襲ってくる。

「な、に」

呟き、無意識に足元へ落とした目に映ったのは、不気味に踊る自分の影だった。

だから言わんこっちゃない、と珠華は怒鳴りたい気持ちでいっぱいだった。

妖怪を使役する術なんて、素人の手に負えるものではない。中途半端な術は、相手が強い妖怪であればあるほど、ちょっとした気持ちの揺らぎや体調の変化などで簡単に破られる。

＊＊＊

目の前の桃酥はすっかり色を失い、自身の影を見つめている。

妖怪たちは日中、人や物の影の中に身体を溶け込ませ、息を潜ませる。使役する妖怪が潜んでいるだろう、桃酥の影は今、不自然に蠢《うごめ》いていた。

術が破られようとしている証拠だ。

(よりによって夕刻なんて、間の悪い)

夕方から夜にかけては、特に化け物たちの力が増す時間だ。幸い、辺りには珠華たち以外に人がいないので、戦闘となっても誰かを巻き込む心配はないけれど。

にわかに、踊り蠢いていた影が千切れ、地面から盛り上がった。

「術はもう限界ね……。サン、ロウ。お願い！」

呼びかけると、小鳥だったサンの身体が膨らんで猛禽類のような大きさになり、ロウは猫の姿から少年の姿へと変化した。

「桃酥様！　術を解いてください！」

「嫌よ……！」

桃酥は顔色を悪くしながらも、首を横に振った。

「わたくしが何のためにここまでしたと思うの!?　これを手放すわけにはいかないの！　わかるでしょう?」

「でもこのままじゃ！」

「わたくしは命など惜しくない。それで願いが叶うなら。――小白、お願いよ。あのまじない師を倒して……！」

桃酥が叫んだ瞬間、彼女の掌中にあった使役のための石が砕けた。

「きゃ……っ」

同時に、真っ黒な影から一気に巨大な獣が形作られる。

その咆哮《ほうこう》は腹に響くほど低く、びりびりと空気を振動させる。

「やっぱり、禍斗《かと》か――」

珠華は知らず唸った。

犬に似た巨軀と、言葉で表現するのが難しい、不思議な光沢のある黒い毛並み。噛みしめられた牙の間から時折、火炎がこぼれ、消える。紅蓮の瞳はぎらぎらと光り、こちらを睨みつけていた。

あれが、桃醂が『小白』と呼び、従えていたものの真の姿だ。

「まったく厄介な」

推測通りの正体ではあるが、想像と実際に見るのとでは迫力が違う。

「うわ……っ、熱い」

ロウが顔をしかめてぼやく。

禍斗の周囲に赤い炎が生じ、揺らめいている。あれは、火を司る獣だ。見た目は犬そのものだが、火を食べ、火を吐く。

桃醂の燭台を収集する趣味はあれに火を与えるため、『小白』の名は禍斗の特徴である煤のように黒い毛並みの印象を残さないためだったのだ。

ふいに禍斗の目が、先ほどまで主人だった桃醂に向いた。

「どうして、ひ……い、いや」

桃醂は、美しい顔を恐怖に歪める。

鋭い爪と牙、口端から漏れ出る炎……どれに当たっても、死は免れない。

禍斗の大きな顎が動く。開いた喉の奥から覗く炎は、真っ直ぐに桃醂を向いていた。

「桃醂様、危ない！」

「ちょ、ご主人様っ」

ロウの制止の声に反応する前に、珠華は駆け出した。そのまま桃醂に突進し、二人揃って地面に倒れ込むと、ちょうど頭上を放たれた炎の渦が走っていく。

「きゃあ！」

悲鳴を上げる桃醂に構っている暇はない。

珠華はすぐさま立ち上がり、己の式神を呼んだ。

「ロウ！」

「わかってる」

すでにロウは棍を振りかぶっていた。しかしその一撃は、大きな図体のわりに意外に身軽な動きで躱される。

「サン、桃醂様を守って」

珠華の頼みに、サンが不服そうな空気を醸し出す。

「珠華さまはどうされるのですか」

「なんとかあれを倒してみるわ」

今も、頭の中ではあの禍斗を討伐する方法を模索している。

破魔といえば、火を使う方法が一般的で、正統だ。火で燃やす行為には古来より魔を祓う効果がある。けれど、今回は使えない。火など、禍斗にとってはただの食糧だ。

以前、窮奇に使った術を用いてもいいが、いかんせん、あれは呪文の詠唱に時間がかかりすぎる。炎を吐き出す、という飛び道具を持っている禍斗相手では危険が大きい。

(ロウは強い式神だけど……決定打は必要だから、あれを使うか)

珠華は意を決し、再び駆け出した。

「もう！　走りづらいのよ、この服！」

裾の長い裙のせいで、足がもつれる。せめて、軽い服装ならよかったのに。

(こんなことなら、足首までの裙を下に着てくるんだった)

不平を鳴らした直後だった。

なぜか掬い上げられるように地面から足が離れ、身体が浮いた。

「……え？」

「待たせたな。俺がいれば、万事問題ない」

この、自信満々な台詞。

珠華の身体を軽々と抱き上げる男なんて、心当たりは一つだけだ。

「は、白焔様……」

見上げると、すぐ近くにやたらと麗しく、得意げな尊顔があった。

「ば、馬鹿ですか！　またこんな危ないところへ、皇帝陛下がのこのこと！」

「いいではないか。机仕事ばかりでは肩が凝るゆえ、たまには運動もしないとな」

「どこかの庭で剣でも振っていてください！」

何が可笑《おか》しいのか、ははは、と笑いながら、白焔は「さて」と鮮やかな翠の瞳で珠華を見下ろした。

「俺がそなたの足になろう。どこへ行けばいい」

「～っ！　もう！」

こうなったら、いくら珠華が苦言を呈したところで聞きやしないだろう。本人の希望もある。あきらめて、足としてとことん使うしかあるまい。

「じゃあ、あれの攻撃を躱しながら、五歩分くらいの距離まで接近してもらえますか」

珠華が禍斗を指し示せば、「お安い御用だ」とうなずいて、白焔は走り出す。

皇帝を頤使《いし》し、走らせる、一般庶民。……非常識すぎる上に、かなり滑稽な状況で頭痛がするけれど、考えないようにしよう。

「ちなみに、あれは火を吹くので気をつけてください」

「は!?」

と言った途端、まるで見計らったかのように、高温の炎が飛んできた。

白焔が慌てて避けたために二人とも無傷で済んだが、忠告が遅れていたらひとたまりもない。

「だから危ないって言っているんです」

「う、うむ。さすがに肝が冷えたが、平気だぞ。——何より、俺はもう、そなたの言う通りには動いてやらないつもりだからな！」

少しだけ、どきりと心臓が跳ねる。

こちらは傷つけようとしたのに、どうしてそんなことを平気で言えるのだろう。

珠華は、堂々とした宣言とともに信じられない俊足で禍斗へ近づいていく白焔を見上げる。

そのときふいに、彼の凛々しい顔の向こうに、皇帝としての輝かしい未来を視た気がした。

(この人は、私とは真逆なのよね)

周囲をひたすら疑うだけの珠華と、信じることをあきらめない白焔。ふと、二人を足して割ったらちょうどいいのかもしれない、と馬鹿馬鹿しい想像をした。

珠華は雑念を振り払うために呟く。

「己が神《しん》、天地万物の神に合わせ一神とすれば呵気《かき》は雷となり、己が精、天地万物の精と合わせせば吹気は雨となる」

自分の内で、今にも爆発しそうなほど強大な力がさらに高まっていくのを感じる。

季節は初夏に近い春。この時期にこれを使ってしまうのは惜しいが、仕方ない。

神気を練り高め、そして放つのは体内に溜めた雷気だ。

（滅多に使わない大技よ、珠華。覚悟を決めて）

緊張に喉を鳴らせば、珠華の背と膝裏を支える白焰の腕にぐっと力が籠った。

「珠華」

「……はい」

「俺はそなたほどのまじない師を他に知らない。どんな強敵が相手でも、そなたなら大丈夫だ。だから信じて、思いきりやれ」

ああ、なんて真っ直ぐな声音。

疑って、疑って、結局仮にも友人だった桃醂さえ信じられなかった珠華でも、否応なしに信じさせてくれるのはきっと、彼だけだ。

（信じよう。この一撃にかけて）

次々に放たれる火炎を、危なげなく避ける白焰に完全に身体を預けて、珠華は力を高めることだけに集中した。

禍斗を囲む熱が、間近に迫る。ついに白焰と珠華は禍斗との間、約五歩分の距離にまでたどり着いた。

好機はたったの一瞬。

珠華は声を張り上げた。

「全員、目を閉じて！」

確認はしない。ただ、体内で限界まで高まった力を、一気に放つ。

——雷法。

目を焼く閃光が禍斗の黒い巨軀を包んだ。すると刹那の光に紛れ、鎧を纏ったいくつかの人影が降り立ち、彼らは手に持った剣や槍をそれぞれ禍斗に突き立てる。

これに数瞬遅れて、ずん、と重い衝撃を伴い、耳をつんざく天声と断末魔の叫びが轟き響いた。


煙臭さが漂う無音の世界のまま、どれだけ経ったか。

周囲がしんと静まり返る中、各々はおもむろに目を開けた。

日が落ちて薄暗い庭園の地面には焦げ跡だけがある。禍斗の身体は跡形もなく祓われ、消滅していた。

(終わった……)

珠華はぐったりと脱力し——当然のように白焰に抱えられたままだったことに気づいて、恥ずかしさにもがいた。

「お、降ろして！　降ろしてください！」

「こら、暴れるな」

白焔は口元を綻ばせ、まるで駄々っ子を見る目をしつつ、「仕方ないな」といった調子でゆっくり珠華の身体を降ろした。

あのときは、走りにくくてつい抱えられてしまったが、正気に戻ってみれば羞恥で顔から火が出そうだ。

少し離れたところでは、桃醂がその場でへたり込んだ。

サンとロウで、彼女が逃げ出したりしないか目を光らせているけれど、心配ないだろう。

「あの、白焔様」

躊躇いがちに口を開く。

珠華と白焔の間には、ちょっとした蟠りがあったはずだった。緊急事態につき、なかったことのようになっていたが、原因は皇帝に対して暴言を吐いた珠華にある。

おまけに、ここまでの騒ぎに発展してしまった。明薔はすでに怪我で脱落したというし、桃醂も処分は免れない。天子を弑《しい》そうと企んだのだ、死罪になってもおかしくなかった。

そして、珠華もまったくかかわりないとは言い難い。

以前のままには、どうしても戻らない。

「私、もう――」

「珠華」

後宮を辞そう。そのつもりで言いかけた言葉は、白焔に遮られた。

「俺の呪詛は完全には解けていないのだろう？」

「それは、言ったはずです。すでに日常に影響がないほどには解呪できていると。あるいは、この指環を使えば」

珠華は懐にしまってある水晶の指環に服の上から触れる。

これは浄化の指環だ。化け物退治には向かないが、呪詛を含む、諸々の呪術を解くにも、病や毒を消すにも使える便利な代物である。

命を狙われやすい白焔にこそ、必要なものであろう。

「指環？」

なぜか、子軌から何も聞いていなかったらしく、白焔は首を傾げる。

まさか、ちゃんと相談していたのではないのか、と驚きながら指環を取り出し、手渡した……が、しかし。

「え!?」

「なんだ？」

信じられない。

白焔の手のひらに指環を転がした途端、溢れんばかりだった神秘の力の輝きが、すっと消え失せてしまった。

すぐさま奪いとってみるが、もう、この指環からは何の力も感じられない。伝説の指環が一瞬で、ただの指環形をした水晶の塊になってしまっている。

（嘘でしょ。な、なんで？）

擦ってみても、振ってみても、神気に触れさせてみても、うんともすんともいわない。

まじないの才能はないらしい白焰は何も感じないようで、わなわなと震える珠華を何事かと見つめている。

「どうした？」

「……わ、私にも何がどうなっているのか」

話していると、ふいにいくつかのばらばらな足音が近づいてきた。

女官を従えた先頭の大小二つの人影は――燕雲と、墨徳だ。二人の背後には文成もいる。

偏屈そうな、しわだらけの見慣れた師の顔を見たら、珠華の胸に熱いものがこみ上げてきた。

「老師！」

取るものも取りあえず、親代わりの師に抱きつく。もはや痩せた小柄な身体にしがみついている状態の珠華の背に、燕雲は優しく手を置いた。

「……大変だったね」

「うぅ」

涙が出そうだった。燕雲の姿を見たら、張り詰めていたものがぷつん、と切れて、どうしようもなく安心してしまった。

これだけの人が集まっている中で、さすがに号泣はできない。今にも流れ落ちそうな涙を必死でこらえる。

「老師、なんでここにいるんですか……」

涙声にならないよう、小さく訊ねる。

燕雲は「それはねえ」と穏やかな口調で言ったかと思うと、突然、ごつん、と珠華の脳天に拳を落とした。

「痛っ」

「この馬鹿弟子。あんたが不甲斐ないから、あたしが呼ばれたんだよ」

「え……」

「呂明薔、だったかね？　そいつの雇っていた術者の居場所を突き止めるためにこき使われて、いい迷惑さね」

そうだった。おそらく生きてはいないだろうが、呪詛を送ってきた術者に珠華は手が届かず、監禁生活に突入してしまったのだ。

　ということは、故意ではないとはいえ、呪詛返しで負傷した明薔の件も含め、彼女に関する事後処理を丸ごと師に投げてしまったことになる。

　涙も引っ込んだ珠華は、勢いよく燕雲から離れ深く深く頭を下げた。

「ごめんなさい、本当に、面倒をおかけしました！」

「ま、あんたにはいい経験になったようだし、悪いことばかりでもなかったみたいだけどねえ」

　やれやれ、と肩を回す師に頭が上がらない。

　燕雲と、ついでに子軌も呼んだのは間違いなく白焰の仕業だろう。こんなことに一流以上のまじない師である師の手を煩わせるなんて、と珠華は理不尽を承知の上で、白焰を恨めしい気持ちで睨む。

　しかし白焰の態度は、どこ吹く風である。むしろ、にこやかに見つめ返してくる始末。

　むっとして、腹の立つ笑顔から目を逸らせば、「よかった、よかった」と涙を流して喜ぶ文成と目が合った。傷だらけの彼も、大変な思いをしながら協力してくれたのだろう。

　居たたまれなくなって、再び視線を巡らすと。

（桃酥様……）

遠くのほうで、式神たちに身動きを封じられた桃酥へ、墨徳が寄っていくのが見えた。

墨徳は堂々と後宮に入っていいのだろうか、と疑問に思ったけれど、そういえばこの霊廟がある辺りは祭事に利用されることがあるのを思い出す。

おそらく一人になってはいけないなどの制約はあるだろうが、皇族の血を引く彼には出入り可能なのかもしれない。

禍斗は倒した。もう桃酥が凶行に及ぶことはないだろうし、やがてすべての罪は詳《つまび》らかになる。これ以上は、珠華の出る幕ではない。

そう、すでに珠華の役目は終わったのだ。

けれど、そんな珠華の思考を読んだかのように白焔に肩を叩かれる。

「珠華、まだ約束のひと月は経っていない」

「でも」

「今すぐ帰るなどと口にしたら、契約不履行ということで報酬は支払わないが、それでもいいのか」

「は⁉　ず、ずるい……！」

これだけ働いたのに無報酬はありえない。

金に執着してはいないが、さすがに厳しい。このまま手ぶらで帰れば燕雲とともに、向こう一年は切り詰めた生活を余儀なくされる。

(こっちはとっておきだって使ったのよ)

あの、雷法と呼ばれる術。

あれは雷を司る神々を召喚する術だが、春に初めて雷が鳴ったときに雷気を身体に取り入れ、それを用いて発動する。他の季節の雷ではいけないし、放った雷気は戻ってこない。

つまり、一年のうちに使える回数や威力が限られている貴重な術なのだ。

報酬を盾にとられた今、珠華にできる選択は一つだった。

「なに、あと数日だ。しっかり働いてくれるな？　珠華」

「……はい……」

珠華は観念して、花月宮への道を歩き始めた。

結　其れは、度しがたき心

「はい、これでおしまいです」

この花月宮で過ごす夜も、今宵で最後。解呪の呪文を白焔に唱え終わって珠華は息を吐いた。

しばらくは使わなくなるであろう、解呪の呪文を白焔に唱え終わって珠華は息を吐いた。

たったひと月といえど、体感では短かったような長かったような、不思議な心地がしている。

「うむ、なんだか身体が軽くなった気がするな」

自分の首筋に手をやって、首を回したり肩を上げ下げしながら、白焔が呟いた。

めでたく、じんましんの呪いは完全に解けた。これで彼は何の憂いもなく、女性に触れることができる。

「この呪詛も結局、桃醂様の仕業だったんですよね……」

「ああ。本人が自白したからな」

桃醂が術者とかかわり始めてから、ずいぶん経っていたらしい。

墨徳の調査によれば、彼女は長いこと白焔を排除する方法を考えていたようで、女性に触れるとじんましんが出る呪詛も、まだ幼かった彼女に殺人を犯す覚悟ができていなかった頃のものだという。

桃酥が頼りにし、明薔のところへ送り込んだ術者は相当に優秀だった。あれほど強く、宮廷神官にも見つからない呪詛を使えるのだから。

女性だったというが残念ながらすでに息絶えており、いったいどこの誰で、どのように術を学んだ者だったのか、わからずじまいだ。

「……私、信じたかったんです」

いや、差別せず、優しい桃酥に心を許しかけていた。あのような女性こそが、皇后に相応しいのだと本気で思っていた。

でも、どこか信じきれない自分もいて。彼女が花月宮に毒を持ち込んだと知ったとき、心底がっかりした。彼女も裏切る人だったと。

「その顔は最後の夜に似合わない」

「わかっています。でも、仕方ないでしょう。しんみりしてしまうんですから」

桃酥も明薔もいなくなり、珠華を含め妃嬪が五人に減った後宮は閑散としている。

他の妃嬪とはもともとあまり顔を合わせる機会もなかったけれど、今は彼女たち同士も様子を窺っているようで、前のような華やかさは失われたように感じる。

最初から、女性に興味を示さない白焔のために無理やり作られた、非正規の後宮だ。白焔の呪詛も解けたので、これから先、後宮は閉じられるなり、整理されるなりするだろう。

珠華は明日には出ていく身だが、なんとなく寂しい。

「そうだ。珠華、これを」

ふと、白焔に手渡されたのは一通の書状だった。

香を焚きしめた高級紙が使われていて、誰か高貴な人物からのものだとわかる。

「これは？」

「読んでみろ」

珠華は綺麗に折りたたまれた書状をゆっくりと開き、目を通していった。

『珠華さんへ。命を助けていただいたお礼だけ、伝えたく思います。ですが、わたくしは己の行動にまったく後悔はありません。あなたも陛下に味方するというのなら、いつかわたくしの気持ちを理解する日が来るでしょう。束の間の友人だった者として、あなたが悔いのない行動をできることを願っております。何桃醂』

短い文章だった。けれど、その流麗な文字からは、今もなお揺るがない彼女の強い意志が読み取れた。

「……桃醂様は今どこに？」

「何家の屋敷で謹慎している。家同士の縁もある墨徳が、頻繁に様子を見に行ってい てな。それを預かってきたらしい墨徳も責任を感じているようだ。自分のせいで何桃 酥の人生を狂わせたとな。今は、俺の補佐の仕事で償おうといっそう力を入れて仕事 をしている」

桃酥の自宅での謹慎は一時的な処分に過ぎない。皇帝弑逆《しいぎゃく》を企んだ彼女には、重い 罰が待っている。彼女は、どんな気持ちでいるのだろう。

（でも、私にももう桃酥様の気持ちが少しわかる）

桃酥は、墨徳に皇帝になってほしかった。珠華は今、白焔に皇帝でいてほしいと考 えている。同じようなものだ。

きっと、千年前の星姫も。主君を支えたくて、立派な道を歩む主君を見ていたくて ――その一心なのだ。

あるいは桃酥の場合、こうして騒動を巻き起こし墨徳の心に爪痕を残すことも望ん でいたかもしれない。

苦い思いで手紙を見つめる珠華に、白焔が問う。

「なあ、ずっとここにいないか？」

この誘いは、珠華には想定内のものだった。どうやら、彼はまじない師としての珠 華の実力を高く買ってくれているようだから。

答えは決まっている。

「お気持ちは、感謝します。でも、私はやっぱり妃である前にまじない師なので、この花園には似合いませんよ」

「俺はそうは思わない」

「私は思います。また私に依頼があったら、新しく契約を持ってきてください」

名残惜しい。この気持ちは嘘ではない。けれど、明薔が言っていたことは全部その通りで、珠華はこの場における異物でしかない。

ずっと近くで、白焔を支え、彼の行く道を一緒に歩けたらと願っても、それはやはり下町の若手まじない師の仕事ではなかった。

「そういえば」

あることを思い出して、珠華は白焔に問う。

「私が監禁されている間、白焔様が桃醂様のところに通っているって聞いたんですけど」

「うぐ」

何やら、後ろめたそうに白焔は目をさまよわせる。

「……や、やきもちか？」

「はあ？　馬鹿言わないでください」

そんなわけないではないか。

まあ、おおよその見当はついている。彼は閉じ込められている珠華のために、桃麟を皇帝暗殺未遂の現行犯で捕まえようとしていたのだろう。

わざわざ聞くのも野暮だったか、と珠華は話を打ち切った。

「さて、もう寝ましょう。もう荷物はまとまっていますけど、夜明けとともにここを出たいので」

寝台に潜り込もうとすると、「珠華」と白焔にはありえないくらいに、弱弱しい声が聞こえた。

思わず振り向いて、瞠目する。

白焔は、親に置いていかれた子どもみたいな顔で、珠華のほうを見ていた。

「なんですか？」

「手を繋いで寝てもいいか？」

――なんだって？

珠華は驚きで漏れ出そうになった叫びを、咄嗟に呑み込んだ。

最後の夜。もっと何か……あるのかと思ったのに、白焔が望むのはあまりにもささやかなことだった。

「どうしたんですか、いきなり」

せに……」

「いえ、そうじゃありません、でも、らしくないですね。平気で膝枕とかしていたく

「嫌か？」

急にしおらしくなって、いったいどうしたのか。

訝しく思って見ると、白焔は「いやな」と呟いた。

「こう、少しずつ距離を縮めていけば、そなたが残ってくれるのではないかと考えて

な……」

「それはないです。白焔様が何と言おうと、私は残りませんよ」

「そう言わずに！」

「無理です。あきらめてください。手くらいなら、いくらでも繋ぎますけど」

珠華は片手を差し出した。

「どうぞ」

「感謝する」

ぎゅ、と握られた手のひらは硬くて、大きい。と、呑気に思っていたら、ぐっと手

を引かれ、気づいたときには白焔の胸に飛び込んでいた。

「ちょ、ちょっと」

「すまぬ。そなたがいなくなるのが、これでも寂しいのだ」

白焰の心臓の音が聞こえてくる。

普通より少し早い鼓動は、彼が緊張している証拠だろうか。その音を聞いていたら、なんだか珠華まで恥ずかしくなってきた。

「急に抱きしめてすまなかった。もう寝よう」

身体から離れていく熱を感じながら、珠華はため息を吐く。

「白焰様」

「なんだ」

「私、早く一人前のまじない師になります。老師にも負けないくらいの。そして……力不足でなくなったら、今度はちゃんと白焰様のまじない師としてお仕えしますね」

ああ、そうかと珠華は思う。

今まで燕雲や子軌、あの店があればそれでよかった。立派なまじない師になって、師の跡を継げるなら他には何もいらないと、閉じた世界で満足していた。

本当の世界は、もっと広い。

いろいろな人がいて、いろいろな感情や考え方を持った人がいて。珠華を疎ましく思う人ばかりではないから、もっとたくさんの居場所を持てるし、夢だって大きくなるのだ。

「その言葉、ゆめゆめ忘れるでないぞ」

「はい」

珠華は微笑む。

(やっぱり、ここに来られてよかったかもしれない)

苦しさもまた経験だったし、白焔と過ごす時間は、間違いなく珠華の居場所になりえた。でも、彼に抱く気持ちはそれがすべてではない気もする。

白焔と手を繋いだまま並んで寝台に寝転がり、慌てて余計な考えを振り払った。

(これは、なし。なしよ。皇帝陛下に――なんて、不毛すぎるもの)

いつの間にか、己の外見を気にしなくなっていることに、終ぞ珠華は気づかなかった。

＊＊＊

今日も陵国の都、武陽は大勢の人で賑わっている。

燕雲のまじない屋で店番をする珠華は、水晶の指環を眺めて嘆息した。

(伝説の指環、もう何の力も残ってないのかな)

後宮を辞し、まじない屋に戻ってきてから子軌を問いただしたが、

『え、伝説の指環？　本物？　知らないけど、持って帰ったら急にぱっと光ったんだ

よね。それで、もしかしてと思って珠華に預けたんだけど』

と、何の要領も得ない答えが返ってきて脱力した。

あれから一度も、指環は光らない。

元は白焰が持っていた指環だ。それが子軌の手に渡り、力を取り戻した。そしてまた白焰に戻したら力が消えてしまった。

（もしかして白焰様に何か原因があるのかも、って考えてしまうのよね）

たとえば、白焰が神秘の力を打ち消す体質であるとか。ただ、それだと彼が呪いにかかるはずがない。良いものも悪いものも等しく打ち消すのでなければ、理屈に合わないのだ。

ほかに考えられる可能性というと――。

（この指環が本物なら、七宝将が持っていたのよね。七宝将は初代皇帝に忠誠を誓っていたはずだから……）

初代皇帝から脈々と受け継がれてきた皇族の血に何らかの反応を示している、というのはあり得そうだ。

そうでなくとも、千年も続く宮廷の歴史の中に想像もつかない謎が隠されていても不思議はないだろう。

いずれにしろ、もはやこの仮説を検証するすべは珠華にはなく、指環の力がすっかり失われている状態はどうにもできない。

「あーあ、もったいない」

力さえ残っていれば本物である証明になり、歴史上、類をみない大発見になっていたはずだ。まじないの技術だって、進歩したかもしれないのに。

未練がましくて、時折、こうして眺めるのがすっかり癖になってしまった。

「本当にもったいない……」

もう一度呟いたとき店の戸が開く音がして、珠華は顔を上げた。

「いらっしゃいませー」

戸口に立つのは、布で顔をすっぽりと隠した背の高い人影。外套で服装すらわからない怪しげな客に、既視感を覚える。

「珠華、そなたに依頼がある」

布の下から現れた美しい容貌は、まさしく珠華の予想通りだった。

「新しい契約を持ってきた」

「お話、聞きましょう」

笑い合った二人の様子を、店の奥から燕雲が微笑ましく見つめる。

珠華のまじない師としての道はまだ、始まったばかりだ。

本書は、書き下ろしです。

宮廷《きゅうてい》のまじない師《し》
白妃《はくひ》、後宮《こうきゅう》の闇夜《やみよ》に舞《ま》う
顎木《あぎとぎ》あくみ

2020年5月5日初版発行
2023年12月25日第8刷

発行者……………千葉　均
発行所……………株式会社ポプラ社
〒102-8519　東京都千代田区麹町4-2-6

フォーマットデザイン　荻窪裕司(design clopper)
組版・校閲　株式会社鷗来堂
印刷・製本　中央精版印刷株式会社

落丁・乱丁本はお取り替えいたします。

ホームページ(www.poplar.co.jp)のお問い合わせ一覧よりご連絡ください。

本書のコピー、スキャン、デジタル化等の無断複製は著作権法上での例外を除き禁じられています。本書を代行業者等の第三者に依頼してスキャンやデジタル化することはたとえ個人や家庭内での利用であっても著作権法上認められておりません。

ポプラ文庫ピュアフル

ホームページ　www.poplar.co.jp
©Akumi Agitogi 2020　Printed in Japan
N.D.C.913/266p/15cm
ISBN978-4-591-16669-7
P8111295

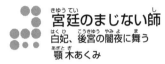

ポプラ文庫ピュアフルの好評既刊

寵愛されるより、ひきこもりたい！

田井ノエル
『執筆中につき後宮ではお静かに
愛書妃の朱国宮廷抄』

装画：友風子

小説家を目指す娘・青楓（ただし才能は皆無）は、自分の部屋を持てて引きこもれる、という理由で後宮入りし、日々執筆にいそしんでいた。ある夜、原稿応募のために出歩いていると、謎の襲撃者たちに遭遇する。間一髪のところを助けてくれたのは、この国を統べる皇帝だった！　創作活動でムダに蓄えた知識を買われた青楓は、執筆の平穏を条件に、後宮で起きた不審死事件の真相を掴むべく、囮になることを命じられるが――。愛憎渦巻く後宮にて、変わり者妃が謎を解き明かす！

ポプラ文庫ピュアフルの好評既刊

二人の龍神様にはさまれて……!?
あやかし契約結婚物語

佐々木禎子
『あやかし温泉郷
龍神様のお嫁さん…のはずですが!?』

装画：スオウ

札幌の私立高校に通う宍戸琴音は、ある日学校の帰りに怪しいタクシーで「とこよ」のボロい温泉宿につれていかれる。そこには優しく儚げな龍神ハクと、強面で高圧的な龍神クズがいた。病弱な親友ハクの嫁になって助けるように、とクズに命じられた琴音は、とりあえず宿の仕事を手伝うことに。ところがこの二人、仲が良すぎて、琴音はすっかり壁の花…？　イレギュラー契約結婚ストーリー！

イケメン毒舌陰陽師とキツネ耳中学生のへっぽこほのぼのミステリ!!

天野頌子『よろず占い処　陰陽屋へようこそ』

装画：toi8

母親にひっぱられて、中学生の沢崎瞬太が訪れたのは、王子稲荷ふもとの商店街に開店したあやしい占いの店「陰陽屋」。店主はホストあがりのイケメンにせ陰陽師。アルバイトでやとわれた瞬太は、実はキツネの耳と尻尾を持つ拾われ妖狐。妙なとりあわせのへっぽこコンビがお客さまのお悩み解決に東奔西走。店をとりまく人情に癒される、ほのぼのミステリ。単行本未収録の番外編「大きな桜の木の下で」を収録。

〈解説・大矢博子〉

アルバイト先は妖怪の古道具屋さん!?
取り扱うのは不思議なモノばかり――。

峰守ひろかず
『金沢古妖具屋くらがり堂』

装画：烏羽雨

金沢に転校してきた高校一年生の葛城汀一。街を散策しているときに古道具屋の店先にあった壺を壊してしまい、そこでアルバイトをすることに。……実はこの店は、妖怪たちの道具〝妖具〟を扱う店だった！　主をはじめ、そこで働くクラスメートの時雨も妖怪で、人間たちにまじって暮らしているという。様々な妖怪や妖具と接するうちに、最初は汀一を邪険に扱っていた時雨とも次第に打ち解けていくが……。お人好し転校生×クールな美形妖怪コンビが古都を舞台に大活躍！

ポプラ社
小説新人賞
作品募集中！

ポプラ社編集部がぜひ世に出したい、
ともに歩みたいと考える作品、書き手を選びます。

賞	新人賞 ……… 正賞：記念品　副賞：200万円

締め切り：毎年6月30日（当日消印有効）
※必ず最新の情報をご確認ください
発表：12月上旬にポプラ社ホームページおよびPR小説誌「asta*《アスタ》」にて。

※応募に関する詳しい要項は、ポプラ社小説新人賞公式ホームページをご覧ください。
www.poplar.co.jp/award/award1/index.html